弱気MAX令嬢なのに、
辣腕婚約者様の賭けに乗ってしまった

小田ヒロ

ビーズログ文庫

イラスト／Ｔｓｕｂａｓａ.ｖ

contents

ピア・ロックウェル
乙女ゲーム『キャロラインと虹色の魔法菓子(マジックスイーツ)』のモブ悪役令嬢に転生してしまい、弱気MAXに！
ルーファス・スタン
乙女ゲームのクールキャラ枠『宰相令息ルート』のヒーロー。ピアの事情を何もかも察して、過保護度MAXに！
人物紹介

マイク
スタン侯爵家の
警備責任者。
ピアの護衛。
キャロライン
『キャロラインと虹色の
魔法菓子(マジックスイーツ)』のヒロイン。
ヘンリー
騎士団長の息子。
乙女ゲームの攻略対象の
うちの一人。
エリン
ヘンリールートの悪役令嬢。
ピアの友達。

プロローグ

まだ寒さの厳しい新年の宵。

我が国アージュベール王国の優秀な若者が十五歳から三年間学ぶ教育機関『王立アカデミー』の講堂では、国王陛下の誕生日を祝うダンスパーティーが例年どおり行われていた。

皆、華やかにドレスアップして、即位以来平和が続く治世を喜び、銘々に集まり話に花を咲かせている。

今年度は国王の長子、フィリップ王太子殿下が二年生に在籍していらっしゃるので、なかなか盛況な会になるはず……だった。

「アメリア・キース侯爵令嬢！　今日をもってお前との婚約を破棄する!!」

その王太子が突然、淑女かつ賢女と名高い、同じく在校生のアメリア様を指差して、こんな発言をしなければ。

「え？　なぜ今日？　嘘でしょう？　どうして……」

私、ピア・ロックウェル伯爵令嬢は内心の焦りを隠し壁の花になって様子を見守る。

学生であり研究者という微妙な立場ゆえに学生の集団の中に身を置くのもためらわれ、安定のひとりぼっちだ。護衛のマイクはどこかにいると思うけれど。

手にある可愛いグラスの中身はノンアルコール。私は十七歳で成人の十六歳は過ぎているけれど、外でのお酒はきつく止められているし、そもそも酔いのせいで正確な判断ができなくなるとまずい。

王太子殿下の隣には金髪で大きなピンクの瞳の学生がふるふると体を震わせながら立っていて、殿下の袖をちょこんと摘んでいる様子が庇護欲をそそる。

ああ、懐かしい。本当にゲームとそっくりだ。彼女は確かにキャロライン。殿下の瞳の色に寄せた赤くて豪奢なドレスがよく似合っている。地味な私とは……そうそう月とスッポンって言うんだ、こういう時は。

そしてその後ろには、名だたる名家のご子息たち――騎士団長の息子ヘンリー・コックス伯爵令息、医療師団長の息子ジェレミー・ローレン子爵令息、アカデミーの算術教師ガイ・ニコルソン侯爵実弟が立ち並び、アメリア様はじめ各々の婚約者がいかにキャロライン・ラムゼー男爵令嬢をいじめたか、だらだらとバラバラと統率なく言い募る。

そう、だらだらとバラバラと……。

ゲームでは、宰相の息子がピシッと箇条書きで読み上げていたんだけどなあ。

「ふーん。ちょっと時期は早いけど、ピアの予言どおりになったね」

「きゃっ！」

私の横にいつの間にかその宰相の息子、ルーファス・スタン侯爵令息が全く隙のない様子で立っていた。しかも私のグラスを取り上げて、一口で飲み干し、ペロリと行儀悪く口の端を舐める。

「偉いねピア。アルコールじゃない」

「な、な、なんてことを！」

同じグラスで飲むなんて家族でもありえない！　あまりに親密な行為だからだ。有り体に言えばこの世界では……ベッドの中の行為と同様だ！

黒のスーツという地味な装いに反した派手な侯爵令息の行動に、中央の婚約破棄とざわめきが二極化する。そしてルーファス様のポケットチーフが私のドレスと共布であることに気がついた者は息を呑んだ。

その色はルーファス様の瞳の色、エメラルドグリーン。私の薄灰色の瞳とはミスマッチではないだろうか？　まあ私の無個性の黒髪は、なんにでも合うと信じたい。

婚約者同士という私たちの関係は特に秘密ではなく、国王陛下の許可もいただいているけれど、こうして人前で並び立つのは入学前の王宮での、子ども時代のお茶会以来かもしれない。あの時もすぐ帰ってしまったし……。観劇の時は暗闇だったから、誰の目にも留まっていないはず。

グラスをテーブルにコトリと置くと、ルーファス様はしなやかなしぐさで前世風に言えば壁ドンし、私の逃げ道を塞いだ。

ルーファス様は山賊の出る広大な領地を治める跡取りだけに、剣技の鍛錬も手を抜くことはなく、いわゆる細マッチョな体躯で、私よりも頭一つ分大きい。山地に雪があるシーズンはフィールドワークに出られず、研究室に籠りきりの私はどうあがいても逃げられない。

鼻筋の通った綺麗な顔が上から覆い被さり私の耳元に口を寄せると、周囲の女子学生がきゃあ！と嬌声をあげた。彼のすっかり低くなった声が、囁く。

「ピアの予言どおり、王太子殿下は婚約破棄をした。でも私はあの場にいない。ピア、賭けは私の勝ちだね」

ルーファス様はクスッと余裕の表情で笑い、我が物顔でいつものように私の額にキスをした。

……どうしてこうなった？

第一章　シルエットモブ悪役令嬢だった私

私の名はピア・ロックウェル。王都近郊の、目立った特産品もない小さなロックウェル領を治める伯爵家の娘としてこの世に生を受けた。

貴族の政略結婚にしてはぼちぼち良好な仲の両親と、五つ歳が離れているゆえに遊び相手の対象ではない兄ラルフと共に、貴族としてはありふれた毎日を過ごしている。

父の仕事の関係で王都（といっても外れのほう）の古い屋敷がメインの居住地で、領地には父が休みを取れた時に年に数回家族で顔を出す状況だ。

そんな私は十歳の冬、風邪をこじらせ高熱で生死をさまよった。

朦朧とした意識の中で、不意に脳裏に不思議な光景が現れたので、看病をしてくれていた私付きのベテラン侍女（と言っても私の七つ上で当時十七歳）、サラに聞いてみる。

「ねえ……サラ……空を鳥のように飛ぶ鉄の車って……見たことある？」

「奥様～！　ピア様のご様子がおかしいです～！　医療師を大至急お呼びください～！」

大人のサラが知らないのなら、やはりあの光景はこの世界のものではない。

髪が肩にもつかない長さで見たことのない変な服を着て、黒い車輪がたった二個と、安定性のない自動で動く乗り物を操る彼女はピアではないけれど、間違いなく私で……彼女はピア以前の私だと結論づけた。いわゆる前世だ。

まどろみの中、じわじわと前世の記憶が開封されていく。

前世の私は、鉄の車が地を走り空を飛び地下を潜り、宇宙と呼ばれる空の向こうまで人を乗せて飛んでいく、地球という世界の、日本という国に籍を持つ、真面目を絵に描いたような学生……その世界の最高学府である大学院生だった。歳は二十代半ば。

初めてできた同じ学び舎の彼氏の浮気現場に偶然にも足を踏み入れ、挙句『お前のほうが浮気相手だった、お前の地味な研究に興味を持っただけだ』と笑われた。

慌てて調べてみると、知らぬ間に私が心血を注いで作りあげた研究成果が彼の名で提出されていた。愕然とし、何もかも失ったような気持ちになった。

容姿から性格から散々罵られ、こっぴどく捨てられてボロボロになったところに、コンビニ強盗と運悪く遭遇し刺殺される……と、なかなかへビーな内容が脳裏で淡々と映像化され、十歳の私には受け止めきれず――

「いやあああああ!!」

「ぴ、ピアお嬢様!」

再び意識を失った。

母やサラの甲斐甲斐しい看病のおかげで、一週間ほどでようやく頭の中の整理がつき、体調もどうにか起き上がれるほどになった。

過去は過去だと割り切り、前世の記憶はそっと自分の胸の内にしまっておこうと思うに至った頃に、婚約者がお見舞いに来てくれた。

「ピア様、もう大丈夫ですか？」

「……詰んだ」

同い年である婚約者のルーファス・スタン侯爵令息の、光の加減で銀にも輝くアッシュブロンドの髪の毛と白磁のような滑らかな肌、まだあどけなさの残る、丸くどこまでも澄んでいるエメラルドグリーンの瞳を見た途端、再び前世の記憶がぶり返し、挨拶すらできず膝から崩れて失神した。

「ピア様⁉」

「お嬢様！」

彼は前世で院生仲間に勧められて遊んだスマホのアプリゲーム『キャロラインと虹色の魔法菓子』〈ファンの間の略称はマジキャロ〉の攻略対象者ルーファスだ。無課金でエンドまで行けたからハマったんだよね……。

私は乙女ゲームに転生してしまったのだ……。

ゲーム〈マジキャロ〉の主人公は市井育ちのキャロライン。実の親の男爵に見つけられ、

キャロライン
と
Tap to Start

国中のエリートが集まる王立アカデミーに三年生で編入学する。自分しか作れない魔法を練り込んだ素朴な菓子〈虹色のクッキー〉で、アカデミーで出会った攻略対象の疲れを癒し、選んだヒーローと結ばれるエンドとなる。

ゲームのスタート画面は、エプロン姿のキャロラインがオーブンの前で焼き菓子の乗った鉄板を取り出し、そんな彼女を五人のイケメンが極上の笑みを浮かべて取り囲んでいた。真面目で世間に疎い私が手を出したくらいだから、けっこうな数のユーザーがいたと思う。

私はメインの王太子ルートのエンドを迎えたら満足してやめたけれど、熱烈なファンである友人が他のルートを解説してくれた内容を、ぼんやりと覚えている。

確かクールキャラ枠であるルーファスルートの場合、宰相補佐としてデスクワークで疲れ果てた彼にお菓子を食べさせる。婚約者が『毒見もしていないものを！』と怒ってお菓子を捨てる。それを知ったルーファスが怒って婚約者を国外追放し、キャロラインと結婚。バリバリ働く夫に『お疲れ様でした』と毎日手製のクッキーを口についっと入れて、元気モリモリエンディング……だった。

私、黒いシルエットだけでイラストも名前も出てこなかったそのモブ婚約者だわ。

お菓子を捨てるのはお行儀悪いにしても、それだけで国外追放？　一周回って笑える。

ルーファスは宰相という重職を歴代輩出する侯爵家の嫡男。宰相といえば前世で言う総理大臣。おまけにこの世界は前世よりも物騒だ。彼の婚約者として毒殺の可能性のある事象を排除するのは当然である。

　そもそも婚約者のいる男にちょっかい出す女なんてクズ！　婚約者がいるのに他の女と密会を重ね、その女をかばうとか男もドクズ！

　さらにこの〈マジキャロ〉の容赦ないところは、たとえばヒロインがメインの王太子ルートでエンドを迎えたとしても、他の攻略対象者全員が『あなたと結婚できなくとも一生守って生きていきたい』と言って、生涯を通しヒロインを支えることを誓い、それぞれの婚約者は邪魔だとばかりに全員婚約破棄されて国外追放されてしまう。

　ヒロインが一人の男に定めても、まだ他の男にも愛され続けるというひたすらヒロイン至上主義のゲームなのだ。

　そして悪役令嬢という立ち位置の婚約者は、どう転がろうが、公衆の面前で断罪されてバッドエンドを迎える。

　前世の実体験と、ゲームでのぞんざいなモブ扱いの私がグルグルと脳内ループして、際限なく凹む。

　私はまた、恋人（今世では婚約者）だと思っていたのに、『お前の勘違いだよ、バーカ！』って捨てられる運命なのか……きっとそうなんだ……だってここはヒロインのワンサイドゲームの盤上で、私はなんの特徴も取り柄もないシルエットモブ悪役令嬢だもの。勝ち目など、あるわけがない。

しかもモブゆえに情報が少なすぎて、悪役を回避する糸口など全く見いだせない。

ああ……またなの？　……勘弁して……。

ルーファス様は九歳の時、双方の親に決められた婚約者。月に一度ほどお茶をして、愛はなくとも一緒に家を盛りたてていこうというほんわかとした同士感、情は生まれていた。

この年頃なりに彼を生涯支えていこうと決意するほどには。

十歳の私は、子どもだから、わんわん泣いた。

先々傷ついて捨てられる運命が決まっているのなら、今、情が愛に変わる前に捨てられたほうがマシだ。

今世の父、ロックウェル伯爵は中央の政争とは全く関係のない王宮内の研究所で薬学に没頭している。たまに研究が実用化することもあるが、ドカンと儲かるものでもない。

領地運営はトントンで金回りも良くはないけれど、欲をかかなければ我々家族も領民も食うには困らない。栗色の髪は最近薄くなり、いかにもモブの父親だ。

「ピアが元気になる薬も作れないなんて……私の研究などなんの役にも立たないな」

悲しげにそう言って、不器用に娘を愛してくれる私と同じ瞳の父。

「ピア、何がそんなに悲しいの？　大丈夫よ。いい子ね」

そして泣き続ける娘の背をさすり、慰めてくれる濡れ羽色の髪に、温かな茶色い瞳の母。

「父上の薬は人には効かなかったけれど、一気にアブラムシを殺し、多くの農家を救ったではありませんか！」

もっと不器用になぜか父を慰める、父と同じく学者肌の真面目で余計な一言の多い、私とそっくりな瞳と髪の色を持つ兄。こんなだから妹の婚姻を利用し出世を目論むような上昇志向など持っていない。

相変わらず男運はなくとも、家族には恵まれているので、よかった。

「お父様、お母様、お兄様……ありがとう」

倒れて数日後、改めてルーファス様がお見舞いに来てくださった。

私はベッドを出て、自分の部屋の小さな応接セットでもてなす。小さな紫の薔薇の茶器は私のお気に入りで、ルーファス様だけに使う、とっておき。そっと上座のルーファス様にお出しして、私も正面に座る。

「ピア様……先日は目の前で倒れられて驚いた。随分痩せたね……顔色も今一つだし、本当に調子はよくなったの？」

今日の私の装いはオフホワイトの飾り気のないワンピース。これから話す内容を考えて清潔感さえあればいいと思って選んだのだけれど、体重が落ちたためにぶかぶかだったので、サラが茶色いビロードの布地でウエストをぎゅっと絞り、リボン結びしてくれた。髪も結うと激しい頭痛がぶり返すので、やはりオフホワイトのレースリボンをカチューシャのように結んだだけ。

それを早速見抜かれた。何一つ見落とさない人だ。

「……実は……あまり調子がよくありません。どうやら先の病ですっかり体も心も弱くなったようで……侯爵家を妻として取り仕切ることなどできそうもないのです」

この気持ちは嘘ではない。まごうことなき本音だ。

病気になる前はいいご縁だな～と、のほほんと考えていた。しかし二十代だった大人の思考が混ざった今、私ごときが現宰相を務める侯爵家に嫁ぐなんてありえない！　無理だと首を振る。完全に力不足だ。

それに……私なんて今後非の打ち所がない活躍をするルーファス様には相応しくない。彼を支えられるような才は一つとしてないもの……。

前世の彼氏からの人格存在全否定を思い出した私は、すっかり弱気だ。女として、人としての自信が全く持てない。気持ちを切り替えたくとも傷が深すぎて、どうにもできない。

「……そうなの？」

ルーファス様がコテンと首を傾げる。

「はい。よろしければルーファス様から婚約を解消していただけないでしょうか……」

格下の我が家からは言い出せない。

「へーえ……この婚約、家同士のみならず、王家も噛んだ、この国のパワーバランスを考えて調えられた縁組だとわかってる？」

カップを片手にとても同い年と思えない切れ味バツグンの視線を流される。逃げ出してしまいたい！　でもここが正念場だ。声を必死に絞り出す。

「は、はい。大変申し訳ございません」

今日この話をすることは一応両親の了承済みだ。げっそり痩せ、フラフラと力なく歩く私を見て、これは確かに無理だと思ったようだ。解消するならば両家にとって早いほうがいい。

両親は自分たちがルーファス様に頭を下げるとも言ってくれた。このように身も心もヨロヨロな私には重い仕事だと思ったのだろう。

しかしスタン侯爵夫妻は凡人にはわからないほどにお忙しく、ルーファス様はいつも供を一人連れただけで我が家を訪れる。穏やかではない話をするのにこちらだけ保護者付きなんてフェアじゃない。どんなに無様な姿を晒すことになろうとも、私が一人で対処しなければ！

パワーバランスと言っても、父が宰相閣下の派閥に入れば同様の効果が得られるだろう。

ルーファス様は我が家のブレンドティーの香りを楽しみ一口含んだあと、抑揚のない声で私に告げた。

「私と婚約解消などしたら、君、一生貰い手ないかもよ」

「承知の上です。私に殿方を繋ぎとめる魅力などありませんもの」

重々思い知っているわ。再び前世の彼氏と、彼氏の本命の女と鉢合わせした修羅場を思い出し、苦しいのを我慢して私は無理やり笑ってみせた。

「いや、そこまでは言ってないけれど……そうなると君、伯爵家でお荷物扱いされるのでは？」

確かに兄が結婚し爵位を継いだら、私の居場所はなくなるだろう。しかしそれは現世であれ前世であれ特別なことではない。

「その時は平民になり、慎ましく暮らします。あ、アカデミーだけは将来の箔が付きますので父に土下座して通わせてもらいます。目障りでしょうがどうかすれ違っても無視してくださいませ」

「ふーん。わかった」

そう言って、ルーファス様はカップをソーサーにカチリと戻した。

「あ、ありがとうございます！」

よかった。ルーファス様、思いのほか、話のわかる方でした！

「どういたしまして？　君の並々ならぬ覚悟はよくわかったよ。ということで、本当の理由を教えて？」

「は？」

「前回、私の顔を見た瞬間、ぶっ倒れたよね。あの瞬間何を悟ったのか、話してくれる？　何を言っても不敬には問わないから安心して？」

のらりくらりとはぐらかしてみたものの、宰相令息はにっこり笑って全く乗ってくれず、私の隣に移動して座り、膝がつくほど体を寄せてくる。圧をかけられ冷や汗を流し、数分で追い詰められ、私は洗いざらい吐かされた。

「えーっと、整理するよ。あの時、私の顔を見た瞬間、君は神の啓示……予言を受けた。これから七年後、アカデミーの三年生になった私たちの前に金髪に桃色の瞳のキャロラインという男爵令嬢が現れ、私と王太子含め五人が彼女の虜になる。そして婚約者である君になんの落ち度もないのに、この私が！　恋に溺れて！　卒業パーティーの場で！　君に冤罪をふっかけて！　国から追い出すと⁉」

ルーファス様がとても十歳とは思えない怒気を漂わせる。たまらず椅子から滑り落ちそうだ。

で、でも、怯むわけにはいかない！

「そ、そうです！　信じてくださるとは思っていません！　でも予言に間違いないことは、なぜかわかるのです！」

多少の無茶も押し通るのだ。それが乙女ゲームだもの。

ルーファス様は次期宰相らしく、少しずつ感情をコントロールされ、ピリピリとした空気が若干弱まった。

「ピア様……もうピアでいいな？　ピアの言う予言は荒唐無稽と言うにはところどころ具体的で、妄想と断って捨てるには躊躇する。少し時間を貰っていいかい？　ひとまずそのラムゼー男爵家？　をあたったり……」

「ダメです！　速やかに婚約解消してくださいませ。お願いします！　もう、これ以上傷つきたくないの！　あんな思いをするのなら、今、断ち切ってください！」

ルーファス様は涙目で頭を横に振る私をじっと覗き込み、少し思案して……クールダウンするためか、話題を変えた。

「……その前にピア？　君が言うように家を出て市井に落ちたら、女の子一人、どうやって生きていくの？」

「それはあのっ、化石を探します」

前世の私は理学研究科古生物学専攻の博士課程院生だった。この世界にはまだ化石という概念はない。異世界であろうと太古より生物もヒトも営みがあったわけで、化石……ひよっとしたら恐竜のものもどこかに埋まっているかもしれない。私はルーファス様に化石の概念を説明する。

「その、『化石』？　を見つけてどうするの？」

「まず、探す工程がワクワクします。そう簡単には見つからないと思いますが、発見したら、貴重でなければ売ります。どこの世界にも歴史好きや珍しいものに目がない金持ちはおります。そして嬉しくも世紀の大発見をした時は、ミュージアムを作って展示し、私はその建物の学芸員……展示品の説明と保守管理点検をする係になります。贅沢をしなければ十分に生きていけると思います」

私は少しでも伝わるように必死で言葉を紡ぐ。

「ふーん。でもね。やはり納得できない。私が本当に婚約者である君をほっぽり出し、貴族の責務も放り出して、その女にのぼせると？」

「先ほどルーファス様もおっしゃったではないですか。私との婚約は政治の都合でしょう？　キャロラインと出会い本当の愛を知れば、私など……今からどれだけ努力しようと目障りに感じるようになるのでしょうね……」

〈マジキャロ〉で詳細に描写されていた、本命ルートの王太子とキャロラインの温室デートを思い出す。その陰で意地悪を画策する王太子の婚約者のアメリア。

アメリアを私に、王太子をルーファス様に置き換えて想像する。大好きな人の裏切りの現場に鉢合わせするその映像は、あまりに前世の記憶に似ていて、胸の中が絶望で真っ黒になる。

でも私は弱気なチキンだから、アメリアと違ってワインをドレスにかけるとか、仲良しのご令嬢と一緒に大声で非難するとか派手な抗議はできっこない。一人夜更けに自分の枕に当たるだけだ。幼い私はますます涙を目尻に滲ませる。

「好きな人に嫌われるなんて……もう耐えられないもの……」

俯いて下唇をぎゅっと噛む。ただの想像で涙を浮かべるなどなんたる失態。

「どれだけお慕いしてもお慕いしても、きっと……敵わない。私の恋は静かに葬ることも許されず、あなた様自身にバリンと壊されるの。モブだったから追放後の様子なんて描かれてなかったけれど、きっと国外でじわじわと壊れて枯れるように……」

ゲームの画像と前世の体験が脳裏で混ざり合い、ボソッと心の声が出てしまう。自分の言葉で自分の首を絞めて再びどん底に落ち、両手で顔を覆う。

「お、おい、大丈夫か!?　私は予言の中で、そこまで君にひどい仕打ちを？　……ピア……そんな顔……うちの侯爵家との縁が欲しいだけではないということか。確かにこのロックウェル家は建国以来中立を保ち権力にすり寄る動きは見せたことなどない……ということは、君はここまで傷つくほどに純粋に私のことを慕ってくれていると？　いつの間に……。他の女どもと違い私という個を認め、長き将来を共にと思ってくれていたと……そうか……。はあ、まいったな。ピア、顔を上げて？」

　何かぶつぶつと熟考していたルーファス様に促され、ノロノロと手を顔から膝の上に戻す。

「ピア、申し訳ないが婚約は続行するよ。たった今、私の伴侶は君にすると自分の意思で決めた」

「なっ！　ど、どうして？」

　思わず目が点になる。

「私の隣で、私がピアを裏切らないところを見ていればいい」

　ルーファス様の背中で闘志がメラメラと燃えている！　なぜに!?

「そんな！　困ります！　もしそのように焦らされて、結局キャロラインを好きになられたら、その時こそ私には選ぶ道がないではありませんか！　すぐに婚約解消し、親に養ってもらえる今から研究を始めなければ大人になった時に食べていけません。それにこの歳での婚約解消であれば傷はまだ深くなりません。子爵位、男爵位の方であれば、私を娶るお優しい方がいらっしゃるかも……って、ひぃいいい！」

　なぜか、ルーファス様の背中に不動明王が見えるっ!!

「ピア？　たった今、君を私の伴侶だと言ったのに、他の男の話をするなんて、悪い子だね？」

「わ、悪い子⁉」

もう既に悪役令嬢ってこと？

「本気で、私が婚約者を裏切るような男だと思っているんだ。私のプライドが傷ついたよ」

「ルーファス様だからどうこうと言う気はありません！　ただ、恋は盲目と言うではありませんか！」

私だって、あんなクズみたいな男の優しい言葉に、コロッと溺れた。

「この私がそうなるとでも？　まあでも君が本気で怯えていることはわかった。よし、一つ賭けをしよう。万が一、私がアカデミー卒業時点で君を裏切り、そのキャロラインとかいう女の横に立っていたら、一億ゴールドの賠償金と生涯の侯爵領への立ち入り許可を与えよう。そこで発掘？　した物の権限は君が持っていい。それで現状は婚約続行。どう？　君に売られたケンカ、買ってやるよ」

「一億ゴールドなんて、私、持ってません！」

私は半泣きで答える。

「ふふっ、ピアが負けた時は支払わないでいいよ。私のプライドの問題だから。あー本当にピアは面白いね」

あれ、今、侯爵領の立ち入り許可と言った？　ルーファス様のスタン侯爵領は確か……

「スタン侯爵領は北の国境、ルスナン山脈全域だ」

雄大なレジェン川を遡れば……氷河！　全て手つかず！　出る……絶対に大物の化石が出る……。

これは……乗るしかない。でも、

「しょっ、書面にて、契約していただけるのであれば、考えます」

前世、散々『好きだ』『愛してる』『結婚しようね』と彼氏に言われた。でも全部嘘で、お金も博士号に向けた研究成果も自尊心も何もかも奪われた。口約束など信用できない。

「慎重なんだね。ますます気に入った。宰相職の妻が軽はずみに騙されるようでは笑えないもの。いいよ。ペンと紙ちょうだい」

ルーファス様はサラサラと契約書を書き上げた。それは子どもだましのものではなく、前世の大人の視点で見て、しっかり法的根拠となりうる書面だった。

先ほどの賭けの内容が、硬い言葉でキチンと記してある。その最後の一行に目が留まった。

『尚、上記の事例が発生しなかった場合は、乙は甲と婚姻し、速やかに甲のもとに住まいを移す』

「最後のこの一文、必要ですか？」

「……ちゃんとその細かい文字を全部読んだんだ。人のこと言えないけど本当に十歳？　金に簡単に目がくらまないその姿勢、ピア、本当にいいよ。婚約の先に結婚があることは普通だろう？　今までの婚約となんら変わらない。ただ、君の利になることばかり書いては私のエサがないだろう？　私だって、予言？　に打ち勝った時のご褒美が欲しいよ」

「ご褒美……必要ですか？　っていうか、この文言がご褒美になりますか？」

私は思わず首を傾げる。

「必要だしご褒美だね。今日知った君の心根の愛らしさは別にしても、証明されるには少し時間がかかるが……神の啓示を受けることができて、『化石』というこれまで存在しなかった概念で富と名声を約束する将来性だらけの女……王家にでも掻っ攫われたらたまらない。私も口約束など信用していないんだ。さあピア、署名して？」

「は、はい」

ルーファス様がにっこり笑うのが何か怪しくて、私はもう一度全文を読む。やはり、私に有利なことしか書いていない……ように見える。私はエイっとサインした。ルーファス様よりもうんと幼い字で。上下に並ぶと情けないことこのうえない。

「どうした？　急に落ち込んで。やはりこの契約、嫌なのか？」

「いえ、ルーファス様の字があまりに綺麗で……凹みました。今日から真剣に練習します」

おや？　ルーファス様が少し頬を染めた。

「いや……字を褒められたことなど初めてだ。努力を認められると嬉しいものだね。ありがとう。私の字、好き？」

「はい、とても。読み手のことを考えた優しい文字ですもの」

そっと今書かれたルーファス様のサインを人差し指でなぞってみる。

「あー、ダメだ。率直すぎて、クル。まいった」

そう言うとルーファス様は私の肩に手を回し、ぴたっと体を引き寄せて、頬にキスをした。

「え？　は？　え？」

思わず頬に手をやる。

「キスくらいするよ。婚約者だもの。私たちは親にあてがわれただけでない、自分たちで納得し、契約した婚約者同士なのだから」

「そ、そんなものですか？」

「そうだよ。さあ婚約者殿、ピアはまだ病み上がりだから、今日はおとなしく字の練習をして過ごそうね。教えてあげる」

ルーファス様は私をエスコートして立たせ、文机に連れていくと、なぜか自分が座って私を膝の上に載せた。

「え？　は？　なんで？」

「私の字が好きなのだろう。こうして抱えるほうが、教えやすい」

ルーファス様は小柄な私よりも頭半分背が高い。それが膝に載るとちょうど目線が同じ高さになり、私の肩越しに顔を出して机を覗く。

ほっ、頬っぺたくっついてますっ！　あ、さっきそこにキスされたんだ……。ルーファス様、なんだかレモンのような柑橘系のいい匂いがする。だから近いんですってば！

テンパる私をよそに、ペンを持った手の上にそっとルーファス様の手が重なる。私の左手を紙を押さえるように置いて、ご自分の左手は私の腰に回った。背中にルーファス様が覆い被さる。

もうわけがわからない！

「な、な、な……」

「私の手の動きを覚えろ。なぞればなぞるほど、似せることができる」

ルーファス様の少しだけ大きな手が私の手の甲を包むように握って、教本のような字を書かせる。

この部屋は、他に誰もいない。

私たちは十歳の子どもで、二人とも大人にとても信用されているのだ。ドアは開け放たれているけれど、お茶のセッティングが終わった今、ルーファス様が帰り支度をされるまで、サラもルーファス様の付き人も来ないだろう……。

「ひ、ひっつきすぎではありませんか？」

「どうして？　上手くなりたいのだろう？　幼い頃家庭教師にこのようにして習ったはず

だぞ？」

ルーファス様が、問題でも？　と頭を傾げる。美少年のその様子は可愛すぎて目がくらむ！

わ、私が意識しすぎているのかしら？　子どもはここまでセーフだっけ？

「君は私が裏切るという予言を信じている。けれど、私は浮気男になるつもりはない。そしてこの私がどこかの誰かに嵌められるなんて断じて許さない。ピア、私は己のプライドをかけて、君だけを生涯愛し抜くと宣言するよ。うちの一族は勝負事が案外好きでね、困難であればあるほど……燃えるんだ。完璧に勝ちにいくから。とりあえずピア、君の温かな薄灰色の瞳で、私以外の男を見つめてはダメだよ？」

そう言ってにっこり微笑むルーファス様。小一時間ほどしか経っていないのに昨日までと全然表情が違う。嘘臭くないっていうか硬さが取れたっていうか……秘密を共有したから？

随分と……距離が近くなった気が……（物理的な意味でも）。

なんか……変なスイッチ入っちゃってたりして……。

とりあえず私と攻略対象ルーファス様との婚約は、いたずらに彼のプライドを刺激した末に続行することになった。思いもよらぬ展開についていけない。

しかしそもそも格下である我が家がスタン侯爵家に逆らえるわけがなく、賭けにも乗ってしまった。当面はルーファス様の婚約者で次期侯爵夫人予定者に相応しい教育を受けて過ごしていこう。そうして身についたことは、たとえ将来どんな境遇に落ちようとも役に立つと信じて。

そして、やはり〈マジキャロ〉どおりの未来になった場合のために、前世の記憶を丁寧に思い出して、化石で生計を立てられる準備を着々と進めよう。

それと並行して、捨てられた時にズタズタに心が引き裂かれてしまわないよう、脳天気な夢など見ずに、あらゆる可能性を事前に想定して不意打ちをなくす。自分のむき出しの心を厳重にグルグルと覆い、守るのだ。

前世のような思いをするのは……一度で十分だ。

でも、運命の日はまだ八年も先だもの。少しは子どもらしく楽しんで過ごしてもいいでしょう？

第二章 化石と優しい婚約者

婚約続行となったルーファス様はこれまでよりも頻繁に我が家を訪ねるようになった。

そして私も週一という案外なペースで王都一瀟洒だと言われる侯爵邸に招かれるようになり、ルーファス様のご両親である侯爵と夫人に婚約式以来、改めてご挨拶をした。

侯爵様はルーファス様と同じグリーンの瞳（どうやら公爵家の優性遺伝らしい）にこげ茶の髪。夫人はスカイブルーの瞳にアッシュブロンドで目がくらみそうな美人。ルーファス様はこの美女から鼻筋と髪質を貰ったようだ。

「ようこそ。久しぶりだね。ピアと呼んでいいかい？　歓迎するよ」

「ふふふ、女性の仲間が欲しかったのよ。よろしくお願いするわね」

お二人は世界を片手で動かせるような？　覇気を纏っていて、小娘の私は勝手にプルプルと震えだす体を押さえ込むのに忙しく、上手に話せたためしがない。

侯爵家に通うのは夫人から侯爵家の内向きを回すための基本的な心得と技能、貴族夫人の派閥や勢力図を教えていただくことが主な目的である。けれど、それが終われば侯爵家所蔵の膨大な文献を読ませてもらったり、ルーファス様の家庭教師との勉強にご一緒させていただいたり、充実した時間を過ごしている。

夫人と共に侯爵邸の広大な庭で、玄関に活ける花を選んでいると、放し飼いにされている大小さまざまな犬にタックルされ、仰向けに倒れた。侯爵家のお犬様を振り払うこともできず、必殺『死んだフリ』でやり過ごす。クンカクンカ体中の匂いを嗅がれるが、我慢よ……。

「ふふ……そう、犬たちもピアのことを気に入ったようね。ピアは劣悪な香水もつけていないし、キャンキャン無駄口を叩かないし、自分たちを傷つけたりしないとわかるのでしょう。悪意を弾くよう訓練されたうちの犬たちの勘に間違いなどないことだし……ピア？　栗毛で大きいのがブラッド、白黒ブチがダガーよ。外に出る時は必ずこの二匹を一緒に連れていくこと。仲良くしてあげてちょうだい」

「は、はい！　お義母様。きゃあブラッド！　顔舐めないで～！　こら～ダガー引っ張っちゃダメ～！」

ひょっとして犬の散歩係……遊び相手にも任命されたのだろうか？

「……可愛らしいこと。あの何事にも関心の薄いルーファスが本気になるだけはあるわ。生きるために精一杯で、腹芸などできないタイプね。でも素直すぎて少し心配……守ってあげなくては……金も権力も惜しまず……全力で。まあこの二匹がそばにいれば五人までは殺せるでしょう。ついつい筆頭侯爵家の責務を優先させて、我ながら自分を冷たい母親だと諦めていたけれど、私にも人並みに子どもの幸福を願う気持ちがちゃんと残っていたのね。これもピアが気づかせてくれた……」

侯爵夫人は全身キラキラゴージャスな迫力美人だけれども、回を重ねると本当は気さくで寛容な方だとわかった。堅苦しいのは嫌いだから母と呼びなさいとおっしゃる。

私がお犬様と転げ回って芝まみれになっても、ついつい前世の影響で庶民的な言葉使いがポロリと出ても、ニコニコ笑って許してくれた。本当に偉い人の余裕というものを垣間見た。

その年の夏、ルーファス様が我が家を訪れ、北の領地、憧れのスタン領での避暑を勧めてくれた。

「侯爵家の本邸にお泊まりなんて無理です！　私、作法も何もまだなっていません！　ね、お父様！」

これまでは週に数時間であったからこそ、なんとか大きな失態なく済んできた。でも、完全アウェーで泊まりとなれば、絶対にバカな真似をしてしまう！　そもそも現世では生まれてこのかた身内以外と会ったことなどないのに、ルーファス様以外知らない人だらけの場所なんて、緊張して失敗することしか思い浮かばない。怖い！

「う、うむ。ルーファス様、我々がついていければいいのですが私も妻もどうしても外せない予定が……。もう少しピアが成長して、皆様にご迷惑をかけない歳になってからお誘いください」

ルーファス様がにっこり笑った。

「お義父上様、残念ながらうちの両親も王都を外せないために本邸にはおりませんが、それはそれでピアがリラックスできていいのではないかと。もちろんうちの精鋭の使用人がおりますので不自由はさせません。そもそもピアはこれまで何一つ面倒などかけたことがありませんよ？」

「そ、そうですか……」

父が瞬殺された。私は縋るように母を見る。

「で、でもピアは女の子です。ルーファス様や侯爵家の皆様にご相談しにくいことも……」

「もちろんサラも、他にも必要であれば何人でもお連れください。滞在費もその間の給金もこちらで持ちます。そもそも今回は完全に休暇。勉強も、作法も何も気にしなくていいのです」

「そ、そうなの……」

母も陥落した。

「今のうちから侯爵家の本邸に出入りを許される存在であると、そんな特例はピアだけで既にがっちり本命だと内に外に周知させる必要があるのです。そして一分でも早く侯爵家に馴染んでほしい」

「……こっわ！　この執着なぜに？　それにしてもすごい十歳がいたもんだ……身内でよかったパターンだよな」

ボソッと声をあげた兄に視線を流すルーファス様。兄は何もなかったように膝の上に本を広げた。

「では、来週から一カ月ほどピアをお預かりします。ピア、うちの使用人たちは怖くないから安心して？　母が気に入っている君に無礼を働くようなチャレンジャーなんて、うちにはいないから」

「でも……」

私はぎゅっとスカートを握りしめる。心細いのはしょうがないでしょう？　前世の記憶のせいで思考は大人寄りだけれど、私はあくまで十歳で、衝動的な感情は当然こっちに引っ張られるのだ。

「ピア、スタン領で発掘したいんだろう？」

思わず顔を上げる。

「まさか……結婚前から領地内の発掘を許してくださるのですか？」

これまでは当然ながら我がロックウェル領でのみ発掘調査をしてきた。家族は化石について熱く語る私を微笑ましそうに聞いてくれ、『やはりうちの子だなあ』と言って、私の研究を妨げなかった。しかし我が領地に山地は少なく、家族も幼い私についていられる時間などわずかで、今のところなんの発見もできていない。

しょうがなく来るべき日のために、軍手、長縄、巻き尺、たがね、ハンマー、長めの杭、方眼紙など今あるものを利用して、発掘作業に使いやすくリメイクしてきた。この世界に既にコンパスがあったのは助かった。勾配測量までは考えなくてもいいだろう。あくまでメインは化石発掘だ。

ちなみにこの新しい道具作りに関しては研究肌の父も兄も興味津々で、材料集めと改造を手伝ってくれた。ということで準備だけは万全だ。

そう、あとはめぼしい土地に赴き、発掘するだけなのだ……。私はごくりと唾を飲み込む。

「当たり前だよ。ピアはもうスタン家の一員なのだから。皆様ご納得いただけたようですね？　さあピア、元気に挨拶して？」

「……いってきます」

「「い、いってらっしゃい？」」

あれよあれよという間に出発の日がやってきて、我が伯爵家では一生泊まれないハイクラスの宿に宿泊しながら四日かけてスタン侯爵領に到着した。

ルーファス様に手を取られて馬車を降りると、この国の最高ランクであろう使用人の皆様がざわついた。

「まさか！　ルーファス様が馬車を他人と共にされるだと？」

「煩わしいからと道中はいつもお一人で過ごされるのに」

そうなの？　この数日ずっと穏やかに、車窓から見える日頃とは随分と違う景色を説明してくださったり、前世のしりとりを思い出して一緒にやってみたり、お菓子を摘んだりしてきたけれど。

「ルーファス様、ひょっとしてうるさくしてご面倒をおかけしましたか？」

気づかぬまま気を使わせていたのかと思うと情けなくて、しょんぼりする。

「まさか！　ピアのおかげでいつもの退屈な旅が短く感じたよ。ピアは他人ではない。この世界で唯一で別格の私の婚約者だ。わかったな？」

「「「「かしこまりました」」」」

私が答える前に皆様が返事してしまい、疑問を聞くこともできなかった。

ルーファス様は私の手をぎゅっと、前世風に言えば恋人繋ぎして、屋敷の中へと促した。

結論、スタン領本邸の皆様は、執事長のトーマさんを筆頭にとっても優しかった。接客のプロだ。サラも積極的に物の配置や侯爵家のスケジュールやルールを聞いて、私が少しでも動揺しないように動いてくれている。柔軟性のあるサラに感謝だ。

「サラ、お屋敷の皆様、私のことを何か言ってない？　野暮ったいとかつまらないとかルーファス様に相応しくないとか」

「ええっ⁉　一切ありませんよ。まあお嬢様は臆病ですが聞き分けのいいお子様ですからね。皆様ほっとしてらっしゃる……というか、絶対逃がすな！　キープ！　って感じですね」

「え？　どうして？　ルーファス様は引く手あまたの優良物件だと思うけど？　やっぱり王都から領地が離れすぎている点が、都会のご令嬢方には不安なのかしら？」

山間のこの土地すら、私にとっては魅力でしかないのだけれど。

「はあ……よその令嬢方の思いなど、正直どうでもいいんですよ。ルーファス様自身の強いご意向であること、それが全てですね」

「え？」

「はいはいそうですそうです。田舎の侯爵領に来てくれただけで喜んでくださってる、ってことにしておきましょう。あながち嘘でもないですしね」

サラは私が次の言葉を発する前に、私のウエストのベルトをぎゅっと絞った。

「うぎゃっ！」

　移動の疲れが取れた頃、ルーファス様のお下がりの長袖シャツとパンツを着て、念願の山に入れるようになった！　ペース的には天候と相談して三日に一度といったところだ。一人で動けるわけもないので、おとなしく、そわそわしつつも指示に従う。

　そして、四度目の発掘で、

「ルーファスさまー！　見て見て～！　あったー！　これシダの化石です！　この地層、多分石炭紀です！　すごい！　たった二週間で見つけた～！」

「……すごいのか？」

　ルーファス様は私が採掘する山肌のすぐそばで、ラフな格好で敷き物の上に寝っ転がり、本を読んでいる。その周りにブラッド、ダガーはじめ五匹のワンちゃん。そして目立たぬところに護衛の皆様。ルーファス様はひとりっ子で侯爵家の唯一の跡取りだから当然と言えば当然の守備である。

「すごいですよ！　私、見つかるまで三年は覚悟していました！　今後この地層を目印に採掘できます！　これ、何億年も前のシダなんですよ？　あ、こっちも！　うふふ～この形、あっちでも見たことないわ〜。こっち特有のヤツかな……」

我が家から持ち込んだ自作の道具で慎重に発掘し、柔らかい布を敷いたトレーに載せて、その現場の位置を測量し情報として書き留める。ここが私の発掘人生のスタートになるのだ。

ルーファス様があくびをしながら起き上がって座り、苦笑する。

「全く、宝物でも見つけたみたいだな」

「もちろん、宝物です！」

「宝石よりも？」

「宝石も……長い時間をかけてこの星が作りあげたものですから、その点では化石と同類ですね。宝です。あ、琥珀って樹液の化石ってご存じでしたか？　コロンとして可愛いですよね！」

「くくっ、ダイヤモンドとこの土くれが同類か。ほら、ピア、アーンして？」

ルーファス様にお弁当を口に突っ込まれた。

「んん？　……うわあ、美味しい！　さすが侯爵家のサンドイッチですねえ。こんな美味しいものばかり食べていたら太っちゃう」

「……ピアはあの病気以来、心労も重なって痩せ細ってるだろう？　私がいない時は誰かに代わりに……いや、私以外がピアに食べさせるなど論外だな……。土遊びすればそのひ

とときは無心になり心配事を忘れて食欲が出る……いいことだ。ほら、おかわりだ！」

「……美味しい！　今度はタマゴのサンドイッチだわ！　ルーファス様、私をここに連れてきてくれて本当にありがとうございます！」

おかげさまで手を休めることなく作業が進む。私は地面にペタンと座り込み、掘り起こした化石の余計な土を、息を止めて刷毛でそっと慎重に払う。

「……ありがとうか。母があえて身につけた、王族も欲しがる家宝のダイヤモンドを見事にスルー。侵入者を躊躇なく噛み殺す可愛げ皆無の猟犬たちとじゃれ合って、煌びやかさや娯楽と無縁の山奥の領地にいそいそとついてきてくれて、私の古着を着て、勝手に楽しんでくれてゴシップよりもスコップが好きな女……ダメだ。もう領地の外に出したくないな。しかし案外喜んで引きこもりそうで、それはそれで問題……私が王都滞在中は付き合ってもらわねば……まあ、私が力をつけて守ればいいだけか」

「ルーファス様、アーン？」

私はぶつぶつとひとりごちているルーファス様の口元にサンドイッチを差し出した。

「な？」

「ちゃんと川で手を洗ってきましたわ！　たまには私が食べさせてあげます。ルーファス様、そのまま本を読んでいていいですよ」

ルーファス様はためらいながら控えめに口を開けた。サーモンのサンドイッチを口に差し入れるとモグモグと咀嚼する。

「……本当だ。美味しいな。こんなこと、初めてだ」

そう言って目尻を下げて笑った。なぜか泣きそうに見えた。

「ねー！」

私たちはなかなか良好な関係を築いている……よね？

「あ、こら！　ダガー！　私の帽子咥えてどこ行くのっ！　待て～！　きゃあっ！」

私は自分が掘り起こしてできた土山に足を引っかけて、ばったり転んだ。

「ピア！　大丈夫か！　うわっ、もっと泥だらけになっちゃって……ああもう、可愛いなあ」

ルーファス様は転んだ私を起き上がらせて、土をパンパンとはたくと、私の鼻の先にキスをした。

「ふあっ⁉」

「赤く擦りむいているからおまじないだ。全くピアは一時も目が離せないね」

私は慌てて周りを見渡した！　サラはじめ、付き添いの皆様は時が止まったように固まっていた。じっと凝視すると皆から顔を背けられる。誰も助けてくれない中、ルーファス様にひょいっと抱えられ、敷き物の上に戻された。

「食後は休憩が必要だよ？　少し横になろう」

私は言われるままに寝転んだ。青空が綺麗だ。木陰ではあるけれど眩しくて、目をつむる。気持ちいい……。

実はルーファス様の領地も決して安全ではなく、山賊などが入り込むらしい。だからルーファス様と一緒の時以外は、採掘に行くなと約束させられた。

そして、なんとブラッドとダガー、他の大きなワンちゃんたちも猟犬だった。敵認識されなくてよかった！　おもちゃ認識されているけど……。

領地滞在中、ルーファス様には次期領主としてやるべきことが無限にある。

彼が書斎にいる間、私はそばでお茶を注いだり読書したり、刺繍をしたりして過ごす。

「ピア……その刺繍の……黄土色でグルグルとぐろ巻いている図案はなんなのだ」

「これですか？　よくぞ聞いてくださいました！　アンモナイトという化石です！　かたつむりに似ていますが、タコの仲間ではないかと言われているんですよ！」

「……だよな。間違っても、ウ……おほん、うん、化石なんだな。言われてみれば、うん」

「お気に召しましたか？　ではこのハンカチ、刺繍の横に〈ルーファス〉とお名前を入れて差し上げます！」

「いらん！」

……ポイっと書斎を追い出される時もある。

そういう時は、ダイニングの広いテーブルをお借りして、メモを頼りに採掘した場所の地図を書き、記憶が鮮明なうちに様子を詳しく書き留める。汚い字で書くと、あとで自分が困るので、ルーファス様に習ったとおり、丁寧に書く。

本邸の親玉トーマさんをはじめ、いろいろな人が通りがかりに気づいた情報を教えてくれる。地図を指差してここでは熊を見た、とか、ここはがけ崩れで通れない、とか、ここで珍しい石を見た（後日見に行ったら大理石だった）とか。大変助かった。

それを見たルーファス様が私と使用人全員を並ばせて、

「この地図は他言無用だ！」

と誓わせたので、ギョッとした。

「ルーファス様、私何か粗相を？」

おろおろとする私に、ルーファス様は優しく笑いかける。

「いいや？　ピア、この地図は大変助かる。山地までは手が回っていなかったからね。暇に完成させてくれるとありがたい」

「でも、他言無用って……」

「そう、他言無用。ピアは採掘にしかこの地図を使わないだろう？　ならばいいんだ。使用人も口が堅いから大丈夫」

「そうですよ、ピア様、この地図は領民にとって大変役に立ちそうです。とにかく……このような鳥の視点で描いた地図など斬新で……ルーファス様、急いで若奥様のために特許を取られませ！」

「……ちっ！　わかっているよ、トーマ」

ハザードマップみたいに使えるのかな。まあトーマさんが頭を撫でてくれるから、いいことをしたのだろう。ん？　若尾草ってなんだろう？　夕食で使うハーブかしら？

後日その地図は、ルーファス様のお父様……宰相閣下であらせられる侯爵様の書斎に仰々しく飾られた。恥ずかしすぎて笑うしかない。

そうしているうちに、いつの間にか私は客間から、奥まった家族のエリアに移されて、素朴な木目調の部屋を与えられた。ここスタン領本邸と王都の侯爵邸両方に！　私への信頼が重い！　ゆえに怖い！　私と常に一緒の侍女のサラも、もはや侯爵家の使用人の皆様と同化している。

領地での朝は、庭で摘んだ美しい花を持って、ルーファス様が起こしに来てくれる。

「おはよう、ピア」

花束など、前世では一度も貰ったことはなかった。貰うたびにオレンジ色の気持ちが胸の奥より湧き起こり、切なくなる。きっとこれは……〈幸福〉だ。

スンっと香りを吸い込む。今朝は朝露の光る白い小さな薔薇。花束の向こうでルーファス様が私の反応を楽しみに待っている。

「……とっても清廉で綺麗です。今朝もありがとう、ルーファス様」

「よかった。さあ、支度して。一緒に朝食にしよう」

きっと今日もいい一日になる。ルーファス様のおかげで。

たくさんの花とその香りに包まれて、ルーファス様と字の練習をする。お忙しいはずなのに、なぜかキッチリ時間をどこかで取ってくる。

私は相変わらずルーファス様の膝の上だ。

「ルーファス様、もう私、重いでしょ？　やめませんか？　コレ」

「へぇ！　ピアはもう私よりも字が上手くなったと思っているの？」

「そんなこと、ひとっことも、言ってませんよね⁉」

私たちはたくさんの同じ時を共有して、互いの長所と短所を見つけつつ怒ったり（主に私が）、笑ったり（主にルーファス様が）、泣いたり（主に私が）しながら仲を深め、優しい大人の皆様とワンちゃんに守られて、手を繋いで、一緒に成長していった。

幕間　溺愛しかない辣腕令息

「ピア、休憩の時間だよ。水分を摂って少し横になって、昼寝して？」

大声で崖いじり？　中のピアに声をかける。

「待って、ルーファス様。今い〜いところなんです。この断面！　前回スギの化石が出た時と同じ雰囲気で……」

「ピーアー！　言うこときかないともう連れてこないよ？」

「はいはいはいはい！　すぐ寝ます！　秒で寝ます！」

ピアは慌てて脚立を下りて小川へ手を洗いに行き、私の横に寝転がり、「おやすみなさい」と言って目を閉じる。やがてスウスウと寝息が聞こえてきて、そんなピアにサラが扇子で優しい風を送る。

「最近、うなされることはないか？」

「はい。このようにしっかり屋外で過ごされたあとは、ほどよい疲労のためかぐっすりお休みです」

「だがなかなか太らないな」

「……不意に、十歳らしからぬ表情をして、沈み込まれます。そうなると食が細くなり……一体どのような心配事を背負っていらっしゃるのか」

ピアの心配事は残念ながら今すぐ払しょくすることができないものだ。私はピアから無理やり心の内を聞き出したあの運命の日を思い出した。

これ以上我がスタン侯爵家に権力が集中する懸念を貴族たちに抱かせず、それでいて信頼できて歯向かわず、派閥に組み込んで損のない相手……ということでロックウェル伯爵家の令嬢と八歳で顔合わせし、父に問題ないとみなされ、翌年婚約した。可もなく不可もない相手だと思った。結婚相手など足を引っ張りさえしなければ誰でもいいと思っていた。貴族とはそういうものだ。

しかし、ピアは高熱で死にかけて、この世とあの世の狭間で予言を脳裏に刻み込まれた(後日その予言が当たった時はゾッとして、ピアの言葉を信じてよかったとしみじみ思った)。

それから事態は一変した。ピアは予言への絶望からすっかり弱気になり、従順が良しとされるありきたりの令嬢の仮面を外した。そして私に嫌われたくないから婚約を解消したいと吐露した。

「ルーファス様のことが愛しくて愛しくてたまらないのに、『お前など顔も見たくない』って言われるの……突き放されて……うっうっ……」

……待て？　私と結婚すれば、ロックウェル伯爵家は向こう三代は安泰なのだぞ？　私の妻になれば公爵夫人が亡くなられた今、王族を除く貴族社会の女性の頂点に立ち、あらゆる贅沢ができるのだぞ？　常識の範囲の夫婦でいればそれが全て手に入る。というか、筆頭侯爵夫人の肩書き、それがピアにとって一番の魅力ではないのか？　実際ピアとの婚約を公表しているのにもかかわらず、今もって娘を売り込んでくる貴族が何人もいる。

ピアにとっては違うのか……私に嫌われたくないということは……私に愛されたいのだということの裏返し……。

まさか、この女の子は、侯爵家の金でもなく、権力でもなく、私の愛が欲しいのか？

必死で隠そうとするも零れ落ちる本物の涙……そうか……この子は私自身が欲しいのだ。

なんて……愛らしい。

そう思うと一気に体が熱くなった。胸の奥が太陽の光に満たされる感覚。そして目の前の存在が、今逃したら二度と出会えない宝だと瞬時に悟った。目の前で泣くピアは痛々しかったが、私以外の男のために泣くなど許せないと思った。

私は、一生経験するわけがないとタカをくっていた『恋』に、たった数分で落ちた。

意外な人生の展開に驚いたが、すぐに落ち着いた。問題ない。ピアを手に入れればいいだけだ。

安心して私を愛せる環境を作るよ。だから泣くのは私の胸でだけ。

大事に大事に慈しみ、共に成長した。

ロックウェル伯爵家は代々学者一族だ。当代の伯爵は低コストでの農薬の開発に成功し、またその技術を広く役立てる条件で王家に差し出したため一目置かれている。中にはその無欲ぶりをあざ笑うものもいるが、そんな愚か者は今後私が容赦しない。

ピアと全く同じ髪と瞳の色を持つ義兄上、ラルフ伯爵令息はアカデミー在学中だが、研究室にも在籍し、音の研究をしているらしい。人間の耳が聞こえる仕組みや、空気への伝わり方、いかに遠くに音を飛ばせるか、振動の解析など——興味がないため半分もわからなかったが、方向次第では軍が放っておかないだろう。

そんな家族を優しく見守るお義母上こそがロックウェル家の要かもしれない。金を儲ける気などさらさらなく、お人よし揃いの家族をまとめ、小さくはあるが領地ごとやりくりしているのだから。ピアが愛する義母上、仲良くしていきたいものだ。

そして、意外にもピアこそがその血筋の集大成、神童だった。地形や地質への独自の、確固たる視点を、たった十歳で持っていた。

綿密な調査から地形を把握し、管理し、その地質から発掘されうる鉱物の推察、災害の可能性などを丁寧に分析し、立証する。小手先の金儲けでない、ひたすら地味で地道な作業によって国そのものの発展に寄与する女だった。

懐かしく思い出しながら、現実に戻る。

「おい、さっきダガーが急に森に走っていったな？　何人いた？」

音もなく、我が家の護衛が現れる。

「六人です」

「侯爵家狙いか？　ピア狙いか？」

スタン領は広大なので、残念ながら山賊などならず者もいるし、父の失脚を狙う敵対派閥が領内で騒ぎを起こすこともある。そして、ルスナン山脈は国境だから、隣国から奇襲を受ける可能性もある。恵みもあれど、治めるには力のいる土地なのだ。

「今は落としていますが、尋問後速やかにご報告致します。……私見ですが、睡眠剤を懐に入れていましたので、若奥様狙いかと」

ピアの頭を撫でていたサラの顔が強ばる。

「ふーん。懲りないものだ。方法は任せるから、首謀者を必ず吐かせといてね。サラ、コバエだ。心配しないでいい。ピアには黙っておくように」

私は冷静にピアの露払いをして、群がる羽虫を蹴散らしていく。

眠っている今は見えない瞼の下の薄灰色の瞳は人類の真理を見つめ、何物にも染まらぬ漆黒の髪は彼女の信念の強さと一途さを表しているようだ。彼女がひとたび研究に没頭すると、うかつに声などかけられない。

しかし、その知性の権化のような彼女が私を見つけると、みるみる顔を輝かせ、薄紅色の口の端を上げて満面の笑みを作り、『ルーファスさまっ！』と弾んだ声で迎えてくれるのだ。会うたびに愛しさが溢れるのは仕方がないだろう？

ピアの今後もたらすであろう利権が欲しいわけではない。私の前ではただの、私を一途に愛してくれる少女で、いつも笑っていてほしい。

それを叶えるのはピアに選ばれた、私だけの特権。ピアは誰にも譲らない。私のものだ。

愛するピアを薄汚い権力闘争の渦になど巻き込ませるものか！

「我がスタン家を、私を敵に回すとどうなるか、そろそろしっかり全力で知らしめていこうかな」

数日後の深夜、父の書斎にスタン侯爵家の使用人のトップである総執事長トーマ、そし

て警備の責任者マイクと集まる。

「この一週間の領地への侵入者ですが、隣国メリークのスパイ二件、領内の盗賊一件、ベアード伯爵家の手の者三件。盗賊のバカ者以外は全て若奥様を狙っての犯行と思われます」

トーマが眉間に皺を寄せる。

「地図の存在がどこからか漏れたのでしょうな」

「メリークの件はスタン領の私兵の配置が換わったことで『軍師が入った、殺せ』という命が下ったようです」

この書斎の一番いい場所に掛けられた、ピアの渾身の地図を見上げる。この地図はスタン領の地形的弱点を丸裸にした。しかしこの画期的な地図はいずれ一般的なものになる。隠すことに労力を使うのは無意味だ。ピアの地図は利点のほうが多いのだから。ただ広まる前に、守りが弱い箇所を補強するのは当たり前である。

「軍師ねえ。それが十歳の少女と知ったら驚くだろうね」

思わず笑いが零れる。

「ベアードのほうは、ロックウェル伯爵が王に何か進言し、それが娘の提案だとぽろっと零したことが、耳に入り、取り込もうとしたようです」

マイクが困った顔で報告する。

「お義父上か……」

「ルーファス様、そうおっしゃいますな。ピア様のご父君には当然娘を語る権利がありますよ」

トーマに軽く諫められる。

「わかってるさ。うちが目を光らせ守ればいいだけだ」

ベアード伯爵家の嫡男は確か我々の四歳上。ピアを誘拐してその男と既成事実でも作って結婚させようとでも思ったのか？

「ベアード、もう潰そうかな？」

「ご当主様はもう少し泳がせろとおっしゃっています。息のかかった末端の貴族がまだ一部摑めていないそうです」

　長くなると思ったのか、トーマがお茶を淹れながら答える。

「一網打尽にしたいのでしょう。宰相閣下は完璧主義でらっしゃる」

律儀にも立ちっぱなしだったマイクも、ようやくソファーに座った。

「でもさ、私からピアを奪おうとするなんて……命知らずだと思わない？　とりあえず、うちの材木の二流品を王都に一気に放出して」

「王都は今、来年のジョン王の即位十周年に向けて建築ラッシュですからなあ。二流品であってもスタンブランドの材木を手に入れたいと思う貴族が……ベアードの主産業の杉から鞍替えする……と。なんとも地味な報復ですなあ」

　トーマが片方の口の端だけ引き上げて笑う。

「父上の許可なしでやれるのはこのくらいだろう？　即位記念のお祝いで在庫を放出するだけだ。無邪気な子どもの善意だよ。もし値崩れを起こしたらうちの傘下の者には補填する」

「若奥様に手を出した愚かさをじわじわと思い知るでしょうね」

　マイクが苦笑した。トーマが深く頷く。

「全く……まさか国一番の天才があどけない少女とは！　ルーファス様が真っ白の帽子を被った、つぶらな瞳の天使のような女の子の手を穏やかに引いて馬車から降りられるのを見た時には、じいは自分の目を疑いましたぞ？　そしてその芽を摘まず、自由にのびのびと成長させる環境を整えたルーファス様のご慧眼には頭が下がります。立派に成長されましたなあ」

「そして、ピア様はピア様で筆頭侯爵家の許嫁になったあとも偉ぶらず、無骨な我々にも庭師見習いの少年にも気さくに話しかけ、何かのたびに、ありがとうと頭を下げられる。あの驕らぬ態度はロックウェル家の教育のたまものなのでしょうね」

　確かにピアはいわゆる気さくな話し方をする。脳内で合理的に考えを進めるためには無駄を省いた言い回しのほうが捗り、それがふとした時、表に出るのだろう。目くじらをたてるほどでもないが、公の場では注意したほうがいいかもしれない。

ところでマイク、庭師見習いの少年とは？　まあいい。それよりも、

「ピアの家族はもはや私の弱点だ。ロックウェル家に護衛を配置するように父上に伝えてくれ。あの家は防犯対策皆無で、危機感が全くない。あちこちの机に積み上げられている走り書きは宝の山だろうに……」

ピアの心は予言での、私のふるまいで傷ついている。これ以上傷つけてなるものか！

そしておそらく、予言について私に話していないこともある。誰にも相談できないひどいものなのだろう。

そういえば、

「マイク、ラムゼー男爵家のここ最近の動向は？」

「今のところ目立った動きは何も。新しい使用人を入れる余裕もなく、ほそぼそとした暮らしぶりです」

「そう……」

予言のせいでどこか大人びた諦観を纏うピア。日々不安なくせに、それでも私を慕い、私の心を欲しがってくれるピア。

ピアは知らない。時として非情な決断を迫られ、判断に悩み孤独に苦しむ宰相という職が待ち構えている私を、単純に信じ愛してくれることが、どれだけ救いになるのかを。

清らかなピアに、ただ愛されているという事実が、私のアイデンティティーを支え、もはやピアの温もりなしでは立っていられないことを。

「マイク、既に責任者の立場の君に頼むのは気が引けるけど……今後ピアについてくれないかな？　ピアは……宝だから」

「侯爵家の宝をお守りできるなど、光栄です」

これ以上、君を傷つけないと誓うよ。何が私たち二人に襲いかかったとしても、そのたびにひねり潰すのみ。

第三章 王宮でのお茶会

家族やルーファス様、スタン侯爵家の皆様に温かく見守られ、私たちは共に勉強したり、それぞれの興味の先を追求したりして十四歳になった。アカデミー入学まであと一年。今のところ〈マジキャロ〉のキャロラインは登場せず、ルーファス様は百点満点中二百点の婚約者でいてくれている。でも、ゲームの世界でもきっとこの頃までは良好な関係だったのだろう。

これまで年月をかけて大事に築き上げた関係が、キャロラインがアカデミーに編入してきたらガラガラと崩れてしまうのだろうか……と考えると、もうダメ。眠れない。

伯爵位以上の社交デビュー前の子弟は、小さなお茶会という王宮で行われる社交の場に年に数回呼び出される。世代に王子や王女がいれば、ご学友や将来の側近、まだ決まっていなければ婚約者を見繕うために、その機会はより頻繁になる。

私たちは王太子殿下と同い年。ルーファス様は高位貴族の立場上、生まれた時から殿下の遊び相手であり、これからはご学友になる。

私が王太子殿下に……というか、予言でキャロラインに傾倒していた男子たち（ゲームの攻略対象者）と顔を合わせたくないと言うと、ルーファス様はこれまで私がお茶会に参加しないでいいように取り計らってくれていた。しかしこのたびは、

「ピア、悪いが今回は参加せざるをえない。散々ピアは病弱だから出られないと言ってきたのに、王太子殿下直々に『お前の婚約者に会わせろ』と命令を下された。このようなことで命令とは……情けない」

これまで参加しなかったことで、かえって興味を持たれてしまったようだ。

「ルーファス様、私のせいで気苦労をおかけして申し訳ありません。私、地味に控えておりますわ」

一言ご挨拶して隅に引っ込んでいればルーファス様の邪魔にならずに済むだろうか？
私は前世の話し言葉で考え事をすることが多いために、余裕のない場面になると、つい令嬢らしからぬ言葉使いが出てしまう。ルーファス様以外の方との会話は最小限にとどめよう。

「違う。ピアをこれまで社交に出さなかったのは私と侯爵家の総意だ。ピアはもはやスタン家の秘宝。清らかなピアに汚れた思惑だらけの淀んだ空気など吸わせたくなかったからね。今後は難しそうだが……とにかくピア、私のそばから決して離れてはいけないよ」

「は？　えっと……はい」

ルーファス様が口をへの字にされて苛立っている様子なので、疑問点？　を聞くのは憚られ、とりあえず短く返事しておいた。

記憶が戻って初めて訪れた王宮は、前世の映画のセットのようにキラキラしていて、現実離れしていた。しかし、他の皆は既に何度も訪ねているわけで場馴れしており、気後れしているのはこの場で私だけだろう。その証拠に十四歳前後の参加者によるこの集いにはもう親は付き添わず、使用人を一人つけるだけというルールになっている。

車停めに到着し、私が深いため息をつくと、

「ピア様！　気を引きしめられませ！」

と、侯爵家でも腕を磨き、ますます貫禄のついた侍女のサラに窘められた。

「……はい！」

今日集っている人々とは、しょせん来年にはアカデミーで顔を合わせるのだ。私は腹をくくってサラにもう一度身だしなみをチェックしてもらい、深呼吸する。

いざ、戦場へ！　と腰を上げると、御者に馬車の扉をトントンと叩かれた。

「どうしました？」

「ルーファス様がお迎えに来てくださいました」

わざわざ車停めまで来てくれたの？　嬉しい……でも怖気づいていることを見透かされているようで情けない……ううん、やっぱりありがたい。

サラが私にコクンと頷いて扉を開けると、馴染みの爽やかな柑橘系の香りが広がる。

「ピア、こんなところまで押しかけてごめんね」

ルーファス様はアッシュブロンドの髪をキッチリ上げて、見るからに新調した紺のスーツを着ていた。もう子どもには見えない。ステップを軽やかに上がって我が者顔で馬車に乗り込み、隣に座る。

「ルーファス様、私が不安がっていると思われたのでしょう？　……ご明察です。実は震えております。お出迎え本当にありがとうございます」

ルーファス様の前ではこれまで散々弱い私を見せている。今更虚勢を張っても無意味だ。

「私のピアは正直者だね。でも私以外にはそんな素直に返事しなくてもいいからね。迎えに来たのはもちろん一刻も早くピアを腕の中へしまい込みたいのもあるけれど、これをピアに身につけてほしくて」

そう言うとルーファス様はポケットから小鳥の卵ほどの大きさの、おそろしく透明度の高いエメラルドの一つ石のネックレスを取り出した。そして、手を伸ばしてあっという間に私の首に掛け、胸を飾った。恐る恐るそれを捧げ持つ。

「こちらを貸してくださる……と？」

「ん？　貸すというか、うちの宝飾品はいずれ全てピアのものになるんだけどね。スタン家には娘はピアしかいないから。ドレスはベージュだったか。私の色を身につけるなどピアには思いも浮かばないと思ったんだ。やはり持ってきてよかった。シンプルなドレスだから〈妖精の涙〉が映えるね。でも次回からは私がプレゼントしたドレスを着るように」

「そ、そんな恐れ多い！」

落っことしたらどうしよう!?　背中を汗が伝う。

「まあ……独占欲丸出しですこと……」

サラがボソリと何か言った。ルーファス様がチラリと視線を送る。

「サラ、文句あるかい？」

「いいえ？　うちのピアお嬢様をどうぞよろしくお願い致します」

サラがなぜかルーファス様に頭を下げる。

「な、何？　私、準備不足でしたか？」

「いいや？　よく似合ってる。さあ、では行くとしよう」

ルーファス様が先に降りて、私に手を差し伸べてくださる。私はその手を取って馬車からゆっくりと降りる。ルーファス様は優雅に私の手を自身の肘に添えさせ、いつにない厳しい表情で囁いた。

「ここは敵陣だ。気を引きしめてね」

「……はい。邪魔にならぬように致します」

私も囁き返し、王宮に入った。

王宮二階の中広間、木蓮の間には、既に同世代の若者が大勢集っていた。立って談笑する者もいれば、甘いものが並んでいるテーブル席に腰かけて、お茶を飲んでいる方々もいる。堂々とした華やかな集団にめまいがする。私、完全に場違いではないかしら？　きちんとしたふるまいができる自信がゼロになる。

すると、ルーファス様の登場に気づいた人々がざわめく。

「ちっ」

ルーファス様が右手でグイッと私の腰を引き、自分の体で興味本位の視線を遮ってくれる。

「……今の、舌打ち？」

「してないよ？　ピア。さあとっとと殿下に挨拶して帰ろう」

ルーファス様に促されるままに歩くと、上座にできている行列に並ばされた。

「ルー、ルーファス様、お久しぶりですね」

「……ああ」

前や後ろの方から声をかけられるも、ルーファス様は表情を崩さず素っ気ない。私が顔を見上げると、小さく首を横に振る。はいはい、いらんことを言うなってことですね。私はルーファス様のお友達？　に一礼後は一言も話さぬまま一歩下がる。ルーファス様が対応してくれるので少し緊張が解けた私は、周囲に耳を傾け、ルーファス様の交友関係を知ろうと顔と名前を少しなりとも覚える。

あれは髪色から医療師になられるジェレミー様かしら？　薄紫の髪なんてなかなかいないもの。穏やかな笑みを浮かべたご令嬢と話し込んでいる。あの背の高い赤髪の男性がきっと騎士団長の息子に違いない……ゲームの攻略対象者はやはりこの場にいるようだ。胸がきゅっと引き絞られる。顔を覚えて今後できるだけ接触しないようにしなければ。

それにしても随分と視線を感じる。

「皆様ルーファス様と話したがっておられますね。重要なご相談があるのでは？　期待を背負うのも大変ですね。私、少し外しましょうか？」

私が背伸びしてそう耳打ちすると、

「……皆が気になっているのは、次代の勢力図に食い込もうとガツガツした人間だらけの中、唯一その雰囲気を纏っていない清純なピアで……まあいい。ピアは気にしないでいいよ。用件は……そのうち私が一人の時にしっかり聞いておこう」

ルーファス様はそう言うと周りをひと睨みした。

「ルーファス！　怖えよ！　何、威嚇しまくってんだよ！」

背後から声がして振り向くと、いつの間にか先ほどの赤髪の男性と、背が高く茶色の真っすぐな髪をポニーテールにした、藍色の目の意思の強そうな少女がいた。

不意をつかれてビクッと体を震わせると、すかさずルーファス様が私を背中に隠す。

「ヘンリー！　あっちに行け！」

そうだった。彼の名はヘンリー・コックス伯爵令息だ。ゲームでは彼のルートを遊んでいないけれど、一番攻略が簡単という噂だった。

アカデミーの体術や武術の授業で褒めまくり、ランチを一緒に食べてお菓子を差し入れれば、青い目をキラキラさせてコロッと落ちる、と。

「ルーファスが女の子を連れてくるなんて初めてだろ？　そりゃ興味が湧くさ！　やあ、こんにちは！」

「っ！」

突然声をかけられて頭が真っ白になる！　ど、ど、どうしよう？

ルーファス様の背中の布地を握りしめ、何か話そうとするものの、口をハクハクするばかりで声にならない。だって、攻略対象になるような立派な身分の男性に、ルーファス様を通さず直接話しかけられたのは初めてなのだ！　気の利いたことを返さないと！

おろおろしていると、ルーファス様の全身から冷気のようなものが噴き出した。

「……ヘンリーお前、私の婚約者をここまで怯えさせて、死にたいのか？」

「大げさだな。俺たちは王太子殿下の側近として十年以上の付き合いだろ？　それにしても本当に婚約者いたんだ！　俺、殿下といないほうに一万ゴールド賭けてたっていうのに！」

「……もうっ！　全然、大げさじゃないと思うわ。この距離でルーファス様が本気だとわからないなんて、やっぱりあなたバカなの？　あの、怯えさせて申し訳ありません。私はエリン・ホワイトと申します」

取りなすように口を挟んだ少女は上から心配そうに私を覗き込んだ。このキリッとした少女がヘンリールートの悪役令嬢なのだろうか？

とりあえず私、しっかりしろ！　前世でも決して社交的ではなかったけれど、いい大人だったでしょう！　挨拶くらいしないとかえって悪目立ちする！

「ぴ、ピア・ロックウェルと、申します……」

意気込みもむなしく、緊張で声が震える。情けない……。

「ちっ、名前がばれたか」

「ルーファス様の舌打ち！

「ルーファス様……」

「ああ、ごめんごめん、ピア、こんな愚民、相手にしないでいいからね」

「なんて……可愛らしいの」

エリン様はぼそりとそう呟くや、ヘンリー様を押しのけて、ずいっと前に出た。

「ルーファス様！　私、ピア様とお友達になりたいです。なんでもルーファス様の言うとおりにします。ルーファス様がご不在の時はピア様を私が守ります！　何とぞお聞き届けを！」

ルーファス様はエリン様の言葉に訝しげな表情を浮かべた。

「私はピアのそばを離れるつもりなどない」

「お待ちください！　来年アカデミーに入られましたら、女性だけしか入れない場所や場面がおそらく出てきます。絶対に、ホワイト家の名に懸けて、この超絶可憐なピア様をお守り致します！」

私を守る？　いやいや私は伯爵家とはいえ下のほう。守ってもらわなくても……待って？　ホワイト家って言ったら……四侯爵家の一つじゃないのっ！

私が焦っているうちにも話は進んでいる。

「うーん……この場でスタン家に忠誠を誓える？」

「ル、ルーファス様、何を？」

慌てて口を挟もうとすると、エリン様は即座に膝をついて、優しく笑った。

「ホワイト家は長きにわたり、自領の川の氾濫に苦慮してまいりました。二年前、陛下の仲介でロックウェル伯爵の知恵をお借りすることができ、川幅を広げ堤防を作ったことで劇的に被害が減りましたが……的確な場所を言い当てたのはご令嬢だと……。現在は指示のとおり上流に貯水湖を作っているところです。工事が終わるのは数年先ですが、今から楽しみ……」

「待て！　ここでそれ以上話すのはやめてくれ。それに『言い当てた』というのは間違いだ。ピアには根拠がある。わかった、立って。ひとまず君を受け入れよう。あとから使いを出すから。宣誓してもらう」

エリン様は真剣な表情で頷くと、美しい姿勢で立ち上がる。

「おーい、なんの話だ？」

ヘンリー様、私も同じ気持ちです。

「ピア、このエリン侯爵令嬢がピアと友達になりたいそうだ」

「え？　こんな凛として美しい、しかも侯爵令嬢が、私なんかの友達になってくださるの？」

「まあ！　おまけに謙虚で小動物系⁉　なんてこと！」

エリン様、今度はルーファス様をドンっと押しのけて、私をふんわり両手で抱きしめてきた。案外命知らず？

「「おいっ！」」

「もちろんです。ピア様、いっぱいお話、しましょうね！」

「は、はい！」

初めて、この世界でお友達ができた。唐突ではあったけれど、エリン様のほうから抱きついてくれた……ということは私に好意を持ってくれたのだ！　やはり嬉しくて、つい涙が浮かんでくる。だってこれまでは親しく話せる同性はサラしかいなかったもの。

緊張したまま視線を動かし、ルーファス様を見上げる。よろしいのでしょうか？

「はあ……まあ、よかったね、ピア」

「はいっ！」

私はできるだけ好印象を与えられるように、勇気を出して手をそっとエリン様の背中に回して、笑ってみた。

「え、エリン様、よろしくお願いします。アカデミーではエリン様の後ろからついていきます。仲良くしてください！」

なぜかエリン様は呆然とした。

「うるんだ瞳で見上げられて……それがあざとくないとかありえて？　ルーファス様がピア様を門外不出にされてきた理由がよくわかりました。これは脅威ですわ。賢さと儚さと無防備の融合！」

「脅威だろう？　エリン嬢、案外話がわかるな」

「おい、俺はわかってないぞ？」

ヘンリー様と私はまたもや置いてけぼりをくらった。

突然現れた二人は他の挨拶回りのため去り、私たちは列に戻る。しばらくすると、私たちの順番が回ってきた。

ルーファス様が深々と礼をされるので、私もそれにならう。

「殿下、本日はお茶会にお招きいただきありがとうございます」

「ルーファス、心にもないことを言うな。さあご令嬢、顔を上げてくれ」

私は静かに体を伸ばす。覚悟していたためにヘンリー様の時よりも動揺はない。緊張はあるけれど。

「ふーん、あなたがルーファスの長年隠してきた婚約者か」

特別誂えの豪華な椅子に座った、紫紺の髪にルビーのような瞳の王太子フィリップ。

思ったよりも小さい。それはそうだ。スマホ画面の彼はこの三年後の姿なのだから。

「ピア・ロックウェルと申します。よろしくお願い致します」

ルーファス様とのシミュレーションどおり、余計なことは言わない。

「どんな魅惑的な女かと思えば……本当に痩せ細っていて病弱なのだな」

「殿下！　レディに対して失礼ですわよ！」

つまらなそうに、口をへの字にする王太子。隣に立つ女性が場を取りなすように声をあげた。ああ、アメリア・キース侯爵令嬢だ。悪役令嬢らしいぱっちりとしたつり目だけれど、まだ少し幼く、ゲームで見たようなキツイ表情をしていないので、ただただ愛らしい。手入れされたプラチナブロンドは当然縦ロールだ。

「怒るなよアメリア。私は君のほうがうんとタイプだと言いたかっただけだ。ルーファスと趣味が被らずよかったよ。ルーファスを敵に回したら勝てる気がしないからね」

「もう、殿下ったら……」

肩をすくめる殿下をポンっと気安く叩き諌めるアメリア様。とても仲睦まじい様子……。

記憶がぶり返す。

〈マジキャロ〉のゲーム終盤のスチル、アカデミーのダンスホールで、アメリア様を睨みつけ糾弾する、今よりぐっと背の高くなったフィリップ王太子。

反論することも許されず、ジッと顔を歪め耐えるアメリア様。

こんなに仲睦まじいのに、あと三年で、あんな険悪になるの？

私も？　私とルーファス様も？　今これほど良好な、戦友のような関係を築けているのに、やはり憎しみをぶつけられるの？

「……ア、ピア、ピア！」

ルーファス様に肩を揺すられ、我に返る。

「あ……」

右手を額に当て、目を閉じる。こんなことではダメだ。気を引きしめるよう注意されていたのに。いつまでも私は成長しない。弱気なままだ。

「ロックウェル伯爵令嬢、顔が真っ青よ？ 休まれたほうがいいわ」

アメリア様が気にかけてくださる。美しく、殿下に意見できるばかりか思いやりまであるなんて。

〈マジキャロ〉でのあなたは、プレイヤーである私の恋路の邪魔をする、ただただ憎らしい存在だった。でもゲームが現実となった今、あなたのほうが真っ当だ。いじめや嫌がらせをしなければ、ずっと殿下を支えてきたあなたこそが確かに王妃になるべき人だと思う。

「うん、本当に病弱なのだな。呼び立てて悪かった。ルーファス、休ませてやれ」

王太子が手の甲をこちらに向けて振り、退出を促す。

「……失礼致します」

ルーファス様と共になんとか頭を下げた。

「ピア、歩ける？」

私は慌てて頷いた。王宮で背負われでもしたら、末代までの恥になる。

ゆっくりと二人で場を離れる。チラッと振り返ると、殿下たちは次の参列者と懇談していた。私は俯いて、ルーファス様の導きのまま歩いた。

広間を出て、美しい庭を望むテラスの椅子にそっと座らされた。

「ピア、水を持ってくるよ。ここを動かないで」

「ごめんなさい。ルーファス様」

ルーファス様が心配そうに指先で私の頰に触れる。

「こんなに青くなって……待っていてね」

早足で室内に戻る姿を見送っていると、次々とルーファス様はお知り合いに足止めされて、なかなか先に進めない。ドンドン仏頂面になっていく。

「あら……ふふ」

私は小さく笑った。〈マジキャロ〉でもルーファス様は常に表情を変えない冷徹な男という設定だった。

やっぱり足を引っ張ってしまった。ルーファス様、ごめんなさい。

私たちはずっとこのまま、仲の良いままでいられるのだろうか？　私は幾何学模様に刈り込まれた庭木に視線を移す。

遠くに見えるガラスハウス？　は温室だろうか？　〈マジキャロ〉で王太子殿下とヒロ

インのデートの場所だった。あれこれ思い出し、ますます憂鬱になり、小さなため息をついていた。

結局のところ、記憶を取り戻したあの日から、何も状況に変化はないのだ。キャロラインがアカデミーの三学年目（十七歳）に現れて、ゲームの世界が動き出さなければ、私はずっと宙ぶらりんのままだ。

ルーファス様ルートのことなど……考えたくない。ヒロインが誰のルートを選んだとしても結果は同じ国外追放だけど、日常的に愛し合う二人を見せつけられ続けたならば、私の心は間違いなく壊れてしまう。

せめてキャロラインをいじめたなどという噂が立たぬように、今まで以上に引きこもるか、それともいっそ海外へ留学にでも行かせてもらおうか……一応他国の言葉も日常会話レベルは侯爵夫人に叩き込まれたことだし。

ダメだ、そもそもロックウェル家にはそんなコネもお金もない。相手国にしてもメリットがなければボランティアじゃあるまいし、凡庸な私を受け入れるはずがない。何か実績でもなければ……。

手首を覆うレースの中の隠しポケットから、お守り代わりの小さな二枚貝の化石を取り出して、眺める。

「どこの国であっても、必ず化石はあるわ」

……ルーファス様はこの国にしかいないけれど。

「やあ可愛いお嬢さん、こんなところで……おや？　顔色が悪いね」

突然頭の上で男の声がしたので、驚いて顔を上げる。そこには赤い瞳を面白そうに煌めかせた、金髪に白髪の交じった父より少し年配の、白シャツとカーキ色のパンツという王宮においてありえないラフな格好をした男性が立っていた。

誰だろう？　今日は父親同伴で来た参加者はいない。参加者の侍従？　王宮の使用人？　それにしては……お義父様に通じる何か言葉にできない威厳のようなものを感じる。

「人に酔って休憩していた？　ん？　その胸の石は……〈妖精の涙〉じゃないか!?　そうか、君がスタン侯爵家が厳重に囲い込んでいる、『知のロックウェル』の令嬢か！　幼き頃何度か遠目に見たことがあると思ったが……なるほど、伯爵譲りの薄灰色の瞳だ。ふふっ、親子揃って欲のなさそうな……」

えっと……胸が〈雀の涙〉？　SIMロック？　早口すぎて聞き逃してしまった。

「はじめまして。ピア・ロックウェルと申します」

私が立ち上がろうとすると、手で制止された。私は逆らわず座りなおす。

「ピアと呼んでいいかい？　私は……ジョニーおじさんとでも呼んでくれ。そうか、既に家宝を身につけさせるほどか……スタン一派を敵に回すと厄介だから、ピアのことはそっとしておくように私のほうからも手を回そう。今日は楽しんでいるかい？」

「あっ、あの」

「緊張しないで。あちらにいる君の同年代の子らと違って、このおじさんは君を笑ったりしないし、ここでの会話を言いふらしたりもしないよ？　そんなことしたら大目玉をくらうからね。レオは怖いからな……」

「おじさんだなんて！」

ここで同調してはいけないことくらい、世間知らずの私にだってわかる。大きく深呼吸して、先ほどの返事をする。

「こ、このような社交の場は初めてだったのですが……やはり苦手で上手くいきませんでした。ル－……婚約者にまたも負担をかけてしまいました」

「たくさんの人と知り合って、お喋りを楽しみたかったのかい？」

「いいえ、できるだけ人目につかず、ひっそりと乗り切りたいと思っておりました」

「ほお？　自己主張の激しい世代なのに……引っ込み思案なのかな。ならば戦線離脱してここにいるのはある意味成功しているんじゃないの？」

ジョニ－おじさんはニヤリと笑って、茶目っ気たっぷりにウインクした。

「そうかも……しれませんね」

私も小さく笑って、手元の化石をそっと撫でた。

「ん？　それは何かな？」

ジョニーおじさん、私の厚歯二枚貝に気がつくとは、お目が高い！　ちょっと嬉しい。

「あのっ、古代の二枚貝の化石です」

「化石？　見せてくれる？」

「どうぞ」

差し出された手のひらにそっと載せる。

「これはただの石の模様ではないの？」

「え〜、だいたい一億五千万年前の貝が、時代を超えて石になったものです。私はこのような化石の研究が趣味の物好きなのです」

「お！　急に饒舌になった！　そう……ロマンチックだね。太古の時間との遭遇だ。……いや、ちょっと待て、この模様どこかで……これは先日視察した、次世代エネルギーと目されている石油貯蓄岩の模様そのもの……ピア、これをどこで見つけた！」

ジョニーおじさんが急に前のめりになった。偉そうな大人が私の化石に関心を持ってくれるのは嬉しいけれど、ちょ、ちょっと怖い！　思わずのけぞる。それにスタン領の地形を話すわけにはいかない。

「わ、忘れました」

「おお！　口が堅いな！　さすがあの気難しい宰相が認めただけある。いかん！　ルーファスが鬼のような顔で戻ってきた！　ピア、また必ず会いにくるからな！　研究頑張りなさい！　陰ながら助力するぞ！」

ジョニーおじさんの視線を追うと確かにルーファス様がグラスを片手に早歩きで真っすぐ戻ってきていた。おじさんはどうやらスタン侯爵家ともお付き合いのある方のようだ。だとすればまあまあの貴族か高級官僚……？

「ピア、今ここに誰がいたの？　不埒なマネをされなかった？」

「ルーファス様、あのこちら……、あれ？」

ジョニーおじさんは消えていた。忍者のようだ。

「中年の、ルビーのような瞳の男性で、この場に普段着で出入りできて、王宮の隠し通路を使ったと思われるジョニーおじ様だと？　まさか……父上に釘を刺しておいてもらうか……ピア、これを飲んだら帰ろう。必要な挨拶は済ませてきた。具合はどう？」

突然現れたジョニーおじさんと話したせいで、いつの間にか気持ちが切り替わっていた。

私はコップを受け取り、ゆっくりと冷たい水を飲んだ。

「お見苦しい姿を晒しました。もう大丈夫です」

「サラは馬車の準備で先に向かった。では、よいしょ！」

ルーファス様は座る私の膝裏と背中に腕を回し、私を抱き上げた。

「る、ルーファス様！　私、歩けます！」

そう言いつつも、安定確保のため私は両手をルーファス様の首に回す。

「恥ずかしいの？　大丈夫。このまま庭園に下りて帰るから人の目にはつかないよ。こうしないと私が心配なんだ。さっきは倒れるかと思った。おとなしくしてなさい」

ルーファス様は私の顔を胸に押し当て、後頭部をサラリと撫でたあと、安定した足取りでテラスの階段を下り、庭に出た。

「ピアの可愛い顔を晒す気など毛頭ないが、我々が付け入る隙などない仲だと周知しておかねばな……全く、やいやいと煩わしい」

不意に立ち止まったルーファス様は、私の額にキスをした。な、長くない？

「ルーファス様、あのえっと……」

「虫よけだ。そろそろ馬車の準備が調っただろう」

王宮に虫がいるの？　父の作った殺虫剤を寄贈する？

冷静沈着で既に次期宰相はほぼ決定と言われているルーファス様が、婚約者をお姫様抱っこし、キスを見せつけて退場……というセンセーショナルなニュースは王都中を駆け巡ったらしいが、私の耳に入ることはなかった。

ルーファス様の領地で五度目の夏を過ごす。私もルーファス様も随分大人になった。

ルーファス様と一緒にいる時間が長くなればなるほどわかる。彼は努力の人だった。人の三倍は勉強し、体を鍛え、ご両親の手足となってさりげなく動き回り、人の十倍あれこれ画策？　している。

私をそっと守り、領地まで連れてきてくれて、採掘という貴族の令嬢の常識から遠く外れた生きがいを、バカにせず自由にさせてくれるルーファス様。

私はやっぱり……好きになってしまった。

〈マジキャロ〉ではヒロインにだけ見せていた笑顔を、家族の一員に入れてくれた私にも見せてくれる。笑顔だけじゃない。ムスッとした顔も、驚いた顔も、疲れた顔も、屋敷の中だけの表情を私にも許してくれる。ゲームの登場人物ではない、生身で本当のルーファス様。

意地悪なことも言うけれど、本当は家族想いで、領民の生活向上を常に念頭に置いている、思いやり溢れる人。

ルーファス様が残念ながら〈マジキャロ〉のルートに乗っても、その結果私が国外追放の憂き目にあっても、お金と化石さえあれば生きていけると昔は思っていた。

けれどそう思っていた自分は子どもだった。

前世の彼氏もどきなんて目じゃないほど、好きだ。ルーファス様に捨てられたら、あのとき以上にぼろぼろになるだろう。そしてこの嘘偽りない恋心すらも、もはや〈マジキャロ〉を盛り上げるための土台を固めてしまったことになるのではないかと思うと泣けてくる。

そうであれば、ますます〈マジキャロ〉の舞台であるアカデミーに入学すれば、ゲームのシナリオどおりに事が運ぶ未来が見えて、恐怖しかない。

ああ、ダガーやブラッドと一緒に、ルーファス様と手を繋いで野山を走り回ったあの幸せな幼い頃に戻れたら……。

「ピア、どうした？　手が止まっているぞ？　その論文、入学前にアカデミーに提出したほうがいい」

私はこれまでの採掘収集結果をルーファス様のアドバイスで文章にまとめている。実績があると、アカデミーで優遇措置を受けられるらしい。もちろん採掘の具体的な場所は書いていない。レジェン川で砂金が見つかったのも秘密だ。

「すみません。ボーッとしてしまいました」

いけない！　お義母様お見立ての最高級普段着にインクを落とすところだった。私には派手すぎる明るい緑とたくさんのレースに怖気づいたけれど、着てみると案外動きやすく、ルーファス様がとっても喜んでくれたので……良しとする。

ただ、お支払いしようとして結局教えてもらえなかった値段のことを思うと……お菓子のカスを零すこともあってはならない！　泥やインクなど、もってのほか！

歳を重ねるごとに、なぜか前世の記憶やゲームの記憶が鮮明になってきた。〈マジキャロ〉のスタート年齢や、前世の享年に近づいているからだろうか。

足元に寝そべっていたダガーが私の膝にすり寄り甘えてくる。この犬はとても敏くて、私がふさぎそうになるとすぐにこうして救出に来てくれる。

私は無意識のうちにダガーの頭を前から後ろに撫でつけながら、思い悩む。

どうするべきか、どうするべきか、どうするべきか……。

「ピア、口を開けて？」

私の口にチョコレートが飛び込んだ。

「甘い……」

「『糖分は脳を活性化する』んだろう？」

「はい」

ルーファス様は、私に、とてつもなく甘い。

第四章　アカデミー入学

十五歳になり、私はとうとう王立アカデミーに入学？　した。

なんと私は昨年書いた化石の論文で、地質学の博士号を取った。前世で夢だった博士号。驚きすぎて、なんだかぼんやりしてしまった。

地質学、化石研究はこの世界では既存の学問を侵害することもなく、いろんな既得権益の邪魔をしない点が、純粋に学問っぽくて、アカデミーの偉い人たちが喜んだらしい。

「ピアの功績を考えれば当然だろう？　ピアは控えめで権威に興味がないことなどわかっているけれど、私たちの仲を引き裂く可能性のある、予言の男爵令嬢がピアに手出しなどできないようにするために、箔付けは有効だ。無冠であるよりもずっとピアの立場は国の最高学術機関によって護られる」

「そういうものですか？」

「アカデミーの学長は国の大臣と同格の権限を持つからね。それに今現在、博士として実働している人は、確か国に二十人ほどしかいないはずだ。国に既に貢献していると認知されている人間と、ただの女子学生の発言、まともな大人ならばどちらを優先させるかは明白だ。防具は多いにこしたことないからね。ああ、ピアはいつもどおりにしていればいいんだよ。煩わしいことは私の得意分野だから任せて」

いろいろと深いお考えのうえで、ルーファス様は私に論文を書くよう勧めてくれたのだ。

そしてなぜか、私の博士論文を含む全ての研究結果はスタン侯爵家の名の下に厳重に管理されている。アカデミーであれ、国であれ、私の理論や手法を利用する時は、私（というかスタン侯爵家とオマケのロックウェル伯爵家）の認可がいるらしい。そんなたいそうなことは書いてないのだけれど……。

で、博士が今更アカデミーで何を勉強するの？　自分の道を極めれば？　ということになり、アカデミーの研究棟に自分の表札の掛かった研究室を与えられ（これも前世の夢だった）、自分の好きな授業だけ出ればいいよ、ということになった。

順番の問題で、博士号の前日にアカデミーを卒業したことになっている。比べるのもおこがましいが、ノーベル賞の受賞者に、慌てて文化功労賞と文化勲章を与える感じ？

私はルーファス様と相談して、出席する講義を決めた。アカデミーにはクラスなどなくて、前世の大学のように選択履修制だ。ルーファス様の薦めるものは政治学や経営学など確かに私が苦手なものや今後必要になるものばかりだった。

博士であることなどで悪目立ちしたくないと言うと、必修である講義に出ないのは病弱だから……という以前から浸透させてきた設定を用いることになった。教師陣にも何か聞かればそう答えるようにお願いしている。

そもそも史上最年少博士号ということで、学長や教授たちが私を天才だと呼びそやす。アカデミーにとっては明るい話題なので、広告塔として世の中に売り込みたいという気持ちは理解できるけれど勘弁してほしい。私の知識は前世で普通に教科書に載っていたものので、私由来のアイデアではないというのに。地味に後ろめたい。

しかし、前世がうんぬんと言ったところでおかしな子扱いだろうし、とにかく異常な特別扱いはやめてくださいとルーファス様と共にくれぐれもお願いした。

そうして始まった私のみなし？　一年生生活。私はいつも一番後ろの席でひっそり授業を受けている。隣にはルーファス様か……エリン様がいる。

「はああ～！　週に一度のシェリー先生の国史の授業、私、人生で一番楽しみにしていますのよ！　だって女性ならではの後宮の裏話なども交えてくださるし、なんと言ってもルーファス様が受講されないから、ピア様をひとり占めできるのですもの！」

さすがに国史は私の前世の知識ではカバーできない。しかしルーファス様は当然、アカデミーの教師よりも詳しい家庭教師によってマスターされていて、必要ないのだ。

「エリン様、お願いです。どうか私のことはピアと呼び捨てに！　本当にまずいのです！」

侯爵令嬢エリン様にピア様と様付けで呼ばれると、皆が振り返るのだ。

「そうなの？　ピア様が可愛いから見られるのだと……」

「まずいのです！」

不敬であるけれど、超絶高位令嬢のエリン様に言葉を重ねて発言を止めさせる。

この国の貴族の序列は公爵家、侯爵家、そして伯爵家……と続いていく。公爵家は先々代王の弟であった、夫人を亡くしたご高齢の公爵ご本人しかおらず、稼働中の貴族では侯爵家が一番上。

そしてその四侯爵家現筆頭がルーファス様のスタン家。他はエリン様のホワイト家、アメリア様のキース家、そしてニコルソン家で、筆頭は時勢によって入れ替わる。そういえばニコルソン家にも〈マジキャロ〉攻略対象がいたような……。

それはさておき伯爵家にも当然序列がある。ロックウェル家は下の下だ。制服のマントが兄のお古である令嬢など、子爵、男爵家にもいないのではないだろうか？　まあ兄は服を汚すタイプではないし、羽織ものとしたら白衣の頻度のほうが高いから気にならない。

つまり、エリン様は本来私が親しく話していいお相手ではないのだ。だというのに、こうして授業が終わったあと、木陰にテーブルと椅子が点在している中庭で、私と昼食を共にしてくれる。私が食堂に行きたがらないのを察してくださっているのだ。

「今日の授業は盛り上がりに欠けたわ。早く中世の戦記に入らないかしら？　ではピア？　うふふ！　呼び捨ても親友って感じで素敵ね。今日はうちのシェフのお弁当を召し上がれ」

目の前のテーブルに並べられ、格下の私が断れるはずがない。

「いつもありがとうございます。この柔らかいキャベツとリンゴのサンドイッチ、とっても美味しいです。私もたまにはお返しをしたいのですが、私、お料理が壊滅的で……」

「まあ！　実験がお仕事だから、上手だと思っていたわ。意外ね。実は私も全然できないの。仲間ね！」

　節約のため、ひいては国外追放になった時平民として生き抜くために何度も我が家のシェフに教えてもらった。そもそも自炊していた前世の知識もある。なのに、必ず出来上がり前に落っことしたり、オーブンで爆発したりする私のごはん。

　これはヒロインの作る美味しいお菓子を際立たせるための補正ってやつじゃないのか？と最近感じている。エリン様も料理が苦手ならなおさらだ。

　昨年のお茶会以降、〈マジキャロ〉のシナリオを思い起こしてみたが、エリン様の名前は出ていなかったように思う。きっと私と同じシルエットモブの悪役令嬢だ。だとするとエリン様も私同様、婚約者――ヘンリー様に裏切られ、国外追放されてしまうのだろうか。こんなに気さくで嫌がらせなど絶対にしそうにないエリン様も……。

「ルーファス様からピアにきちんと食べさせるように命令……お願いされているの。それに私の分も作るから手間は一緒よ？　私も昼休みは剣の稽古をするから、もともと食堂派じゃないのよ」

「そう。私はやがてコックス伯爵家に嫁ぐでしょう？　だから婚約が決まると同時にコックス家に出向いて花嫁修業として剣を覚えさせられたのよ。ピアもスタン侯爵家に通っているでしょう？」

「稽古？」

「ええ、まあ」

花嫁修業の中身は大幅に違うけれど。

コックス家は現騎士団長率いる武家だから、奥方も武芸をたしなむのが当たり前ってことかしら？　そう言われればエリン様は日頃の鍛錬の成果か姿勢がよくスタイル抜群。彫は深いけれど藍色の瞳に明るい茶髪というお顔はどことなく日本人を連想させ、前世の剣道少女のような清々しさを醸し出している。清潔感のある白と青のツートンカラーのワンピースという制服がよくお似合いだ。

「ふふふ、でも安心したわ。ピア博士にも料理に国史と、苦手なものがあるのね。ルーファス様のように隙一つない大天才かと思ってた！」

「や、やめてください！　本当に天才なんかじゃないのです！　私なんて隙だらけです！」

「なーに好き言ってんの？　恋バナ？」

突然、横の生垣がガサガサと音をたて、何か赤いものが足元から侵入した。

「きゃあああ！」

「ヘンリー！　驚かさないで！　ピアがお茶を零しちゃったじゃないの！　あなたルーファス様に消されたいわけ？」

赤は……ヘンリー様の髪の毛だった。どうにか息を整える。この方はまともな登場ができないのだろうか？

「はあ？　俺のほうが剣ではルーファスの上をいってるぞ！」

「バカなの？　剣を使わずあなたを消す方法くらい千通りは考えつくわよ、あの男は！」

二人はガミガミと言い争う。千……甘い。ルーファス様なら万はいくよ？　多分。

「まあいいや。弁当取りに来た。いつもありがとな！　明日は今度の公開稽古に向けて模擬戦するぞ！　じゃ！　そっちの護衛さんもお疲れ様です！」

ヘンリー様は私たちと護衛のマイクに手を振って去った。そう、私には過保護なルーファス様がつけた凄腕の護衛、幼い頃から馴染みのお兄さん的存在の、マイクが必ずそばにいるのだ。

マイクは黒髪を後ろでぎゅっと結び、地味なスーツの教員に擬態している。こげ茶色の眼を常に忙しく光らせているけれど、全く目立っていないところが不思議だ。

……あら？　今、ヘンリー様、いつも弁当ありがとうって……私はチラリとエリン様を見上げた。エリン様は恥ずかしそうな顔をして、

「いえね……たとえ政略結婚であっても、できるだけ良好な仲でいたいでしょ？」

「……もちろんです！」

モブ同士のエリン様と私、モブらしく、ヒロインに目を付けられず、無事に婚約者様と結ばれますように、と願わずにはいられなかった。

「何がどうなってうちの娘がホワイト侯爵家にお呼ばれされちゃうの？」

母が窓の外の遠くの山を見つめる。

実はエリン様のご自宅に招待されてしまったのだ。自宅ならば、周囲の目を気にすることなく、恋バナできるでしょう？　というような趣旨だった。

エリン様はとっても気さくだけれど、侯爵令嬢。エリン様の発言は重く、ともすれば命令と捉えられ、相手を萎縮させてしまう。円満なヘンリー様との婚約関係など下手に話せば、高位貴族の自慢話とやっかまれてしまうそうだ。結婚相手がなかなか見つからず困っている私たち世代の貴族令嬢は少なくない。

同格の令嬢といえば、アメリア侯爵令嬢がそうなのであるが、王太子殿下の婚約者ということでもはや別格なのだという。そしてアメリア様の周りには既に取り巻きがひしめいていて、そこを分け入って話しかける胆力はない。

そこに私という、同級生で対等で話しやすく、おまけに破格級の婚約者持ちで、どれだけのろけてもやっかまれることのない友人ができた！　ということらしい。

異議あり！　私とエリン様は全く対等じゃない。侯爵家と下流伯爵家の間には大きな大きな格の差がある。そもそも私、けっこう萎縮しているんですけど？

そういうことをオブラートに包んで訴えてみた。

「あのねえ？　博士……っていうのはさておいて、あのルーファス様の婚約者が務まっているのよ？　ただ者であるわけがないでしょう？　ピアも別格なの。わかった？」

あ……それはちょっぴりわかるかもしれない……。彼はたまにびっくりするほどブラックなオーラを出す時があるもの。まあたいてい理由があってのことだから、人間らしくて逆に安心するけれど。

「一体何を手土産に持たせればいいの？　侯爵家の中で一番保守的で厳格だと言われるホワイト家に……」

母が途方にくれている。

「そうなんですか？　エリン様はとっても気安い方ですよ？　私はうちのシェフのチーズの焼き菓子が美味しくて自慢だからそれがいいかなって」

私は一縷の望みをかけて兄を見る。

「ん～父上の実験中に偶然できた、除草剤なんてどうだ？」

聞くんじゃなかった。

「……いや、喜ばれるかもしれんぞ？　ホワイト侯爵領は今王命により急ピッチで街道を整備、舗装しているからな」

父が本から顔を上げて口を挟む。

「ええっ⁉　女性への手土産に除草剤なんてありえません！　よほどこのあいだ見つけた松ぼっくりの化石のほうが……」

「出たよ！　ピアの無駄に自信たっぷりな化石自慢！」

「お兄様ひどい！」

「はあ、思いつくものを全部詰め合わせてみましょう。何か一つくらいヒットするものがあるでしょう」

母は案外思い切った性格をしている。

ホワイト侯爵邸はスタン侯爵邸とは王宮を挟んで真逆に位置した、蔦の絡まる歴史を感じさせる広大な邸宅だった。

エリン様は白と黒の配色が絶妙で上品なワンピースで出迎えてくれた。私は母が『困った時の紺！』と言い切った紺色のワンピース。前世のリクルートスーツのよう。

ガッチガチに緊張して訪問したものの、侯爵はご不在だった。そりゃそうだ。スタン家のお義父様も私が訪問する日中に在宅していることはほぼない。

ホワイト侯爵家の跡取りは随分年上のお兄様で、既に成人して家庭を持ち、別に暮らしていらっしゃるとのこと。

エリン様のお母様、侯爵夫人はいつもいないらしい。

「うちは仮面夫婦なの。王宮での行事の時以外は、母はここには戻らない」

なんと言えばいいのかわからない。とりあえず、お土産をエリン様に差し出す。

「……これが例の『化石』？　なるほど、凡人には良さがさっぱりわからないし、どうしてこれをきっかけに偉大な発見が生み出されるのか謎だわ」

「現在とほぼ変わらない姿を保っている松ぼっくりなんです！　素晴らしいでしょう⁉　それと母からパウンドケーキ、父から除草剤、兄からスピーカーもどきです」

「……遠慮なく受けとれるのはケーキだけね。お母様によろしく伝えてちょうだい。あとで一緒にいただきましょう。お父様って本当に無欲な方なのね。さして親交のない我が家に前回のアドバイスといい今回もとても価値のあるものを……スピーカーは価値すらわからないけど……とにかくルーファス様に報告して扱いを相談しましょう。一旦棚上げよ。さあピア、温室にお茶のセットをしているわ。こっちよ！」

ガラス張りの温室には見たことのない原色の花が咲き乱れ、木々には子どもの頭くらい大きな黄色の果実が重そうに実っている。

「大きい！　この果実食べられるのですか？」

「ああ、ちょっと待ってね」

エリン様は小刀をポケットから取り出し、軽くジャンプしてその実をサクッと収穫した。優雅にテーブルセッティングされた椅子に腰かけるように勧めながら、器用に皮をむいて切り分け、皿に盛る。

「はい、少し苦いけれど口の中がさっぱりするわ。甘みが負けちゃうからこちらから食べてね」

イケメンか⁉

勧められるままにまずその黄色の輝く果実をいただく。爽やかな香りがふわっと鼻を抜けて、癖のあるすっぱい苦みとほのかな甘みが、口いっぱいに広がる。とってもジューシー。前世の晩白柚にそっくりだ。

「美味しい。そしてどこか懐かしい味です」

「嬉しいわ。せっかく苦労して隣国から移植したのに全然人気が出ないのよ。甘ければ甘いほど人気がある時代なのね」

エリン様が頬に手をやり、がっかりしてみせる。こんなに瑞々しいのにもったいない。

「このジャンボミカンはビタミンたっぷりです！　美肌の効果がありますよ？　それにこ

の皮の香りは鎮静効果がありそうですし、甘いものが必要ならば、この厚めの皮を砂糖漬けにすればいいでしょうね。でもどちらにせよたくさん食べられるものではないので、数量限定と希少価値を上げて口コミで宣伝効果を上げるとか……」

「ちょ、ちょっとお待ちなさい！　書き留めるから。あなた、書くもの持ってきて！」

侍女がいそいそと屋敷に戻って、言いつけられたものを差し出した。エリン様がぶつぶつ言いながら書き起こす。

エリン様の家の侍女の衣装は茶色のロングドレスに白いエプロン。後ろに控えるサラの衣装は全身グレーだ。

「サラ、あの衣装可愛いね。うちも真似しちゃう？」

「私に限れば意味がないですね。きっちりあと三年あまりでスタン家の真っ黒の侍女服を着ることになるでしょうし」

「三年？　そうなの？」

「はい、書けたわ、お待たせ！　じゃあうちの自慢の焼き菓子を召し上がれ。私はピアのお土産をいただくわ」

サラの謎期限が気になったけれど、本日の女主人に意識を向ける。

紅茶は少し渋いなと思ったら、ミルクティー専用とのこと。現世でミルクティーは初めてだ。こういうティーン世代の女子ならではの知識を教えてくれる人が私の周りにはいなかったから、ついついニコニコしてしまう。

「あら、気に入ったの？」

「希少な植物に囲まれた穏やかな温室で、美味しいお茶の飲み方を大好きなエリン様に教えていただけて、こんなに嬉しいことはありません」

なぜかエリン様は赤面し、頭を抱えて悶えだした。そして私の後ろに視線を送る。

「えっと、サラと言ったかしら？　これ、ピアの素、なのよね」

「はい、思ったそのままをおっしゃっています。失礼を承知で言いますが、ピア様にはエリン様におもねる理由がありません」

「貴族社会でこれでは到底生きていけないけれど……その危険性よりも、このままのピアの口から飛び出す言葉を浴びて生きるほうが心地よくて最高に幸せになれるから、矯正するよりも囲って守るほうにシフトチェンジしたってことね。スタン侯爵家だからそれが可能だと……あー！　あの無愛想で無遠慮で無関心な男が婚約者に甘いらしいって聞いた時は耳を疑ったけれど……これは堕ちる」

私は貴族社会で生きていけない……か。なんとなくわかっていた。前世の記憶が色濃くて、貴族の無駄で理不尽に思えるルールにどうにも馴染めないのだ。ここで生きていくしかないのに。

自分を心でせせらわらっていると、ルーファス様を無愛想だとおっしゃるのが耳に飛び込んできた。無愛想＝クール？　だとすれば〈マジキャロ〉の設定と一緒だ。エリン様や世間はルーファス様をどう思っているのだろう？

「エリン様とルーファス様のお付き合いは長いのですか？」

「付き合いが長い、というか義務？　高位貴族は幼い頃から例のお茶会のお子様版があったの。三歳くらいからだったかしら。将来王太子を支える側近の人選ね。女性は侯爵家に二人いるからそれでオーケー。男性はルーファス様しかいないから、伯爵家のめぼしい子どもを数人ピックアップ。その中にヘンリーもいたし、少し大きくなると二歳年下の第二王子殿下も加わられたわ」

三歳からお見合いとは！　高位貴族の義務とは大変だ。

「そこで、侍女の先導であれこれ一緒に遊ぶように促されるのだけど、ルーファス様は全く乗ってこずに一人で本を読んでいたわ。屈託のない王太子殿下が誘いに来て手を引っ張られるとやれやれって顔をしていたわね。食事のマナーも完璧で、音楽会の時は見事なピアノを披露してねえ。私はバイオリンなものだからいつも組まされて比較されて、ほんっと苦痛だった」

へえ、ルーファス様はピアノをたしなまれるのか。頼めば弾いてくれるかな？　いや、お前も弾けとか、藪蛇になりそうだからやめておこう。

「とにかくあの頃から精神年齢は既に大人で、つまらなそうに、申し訳程度に微笑んで私たちを眺めてた。彼に媚びてくる子どもを小難しい話をして煙に巻いて……とにかくあんな腹の底で何を考えているかわからない男と関わるにはごめんだと、私はヘンリーたちのチャンバラを見ていたわ」

「ええと……なんか……すみません」

一応婚約者として謝っておく。エリン様はくすっと笑った。

「やがてアメリア様が王太子殿下と婚約したことで、私はお役御免になった。そしてその頃お茶会に講師として招かれた騎士団長と少しお話ししたご縁で、私はヘンリーと婚約することになったの。男性陣のお茶会は今も続いているのよ？　ルーファス様も当然しぶしぶ参加しているはずだわ」

「なるほど！　ヘンリー様とのご縁ができたのであれば、お茶会に参加したことも結果的には有意義でしたね！」

「ま、まあね」

「エリン様はヘンリー様のどういったところがお好きなのですか？」

本日の本題に入る。私は前世も現世も引きこもりの人見知りではあるけれど、一応前世では思春期を過ごし終わった大人だったわけで、この年頃の女の子というものが、彼氏のことを聞いてほしくてたまらないものだということは、知識として知っている。

「え、ピアってば、そんなことを聞いてどうするの？　まあでもそこまで聞きたいのなら……。あのね、ヘンリーのいいところは……バカなところなのよ。バカだから、裏でコソコソ悪口言ったり、言動が不一致になったりすることがない」

「それは、ルーファス様も一緒ですね。ルーファス様も嫌だと思ったことは絶対にしない正直なお人なのです」

「……それとはちょっと違う気がするわ。とにかくね、私と向き合っているうちは、私のことだけを見ていてくれるって信じられるの。母のように、ここにいながら他の男のことばかり考えているような人と家庭を持つなんて……それが貴族社会では珍しいことではないとしても……そんなの嫌……」

「……よくわかります」

「希望ばかり押しつけても悪いから、私も一応ヘンリーに飽きられないように努力しているのよ？　一緒に剣の稽古をしたり、面白い話を仕入れて披露したり。最近はピアから聞いたルーファス様の意外な日常を話したら、とっても食いついてくるのよ？　話題の提供ありがとう！」

「えええ～……」

私の背中に冷や汗が伝う。私、秘密事項漏らしていないよね？

ヘンリー様をバカだバカだと言いながら、剣の腕前や、意外にもレディーファーストなところなど、褒めて褒めて褒めちぎるエリン様。砂糖を吐きそうだ。

口直しに紅茶を一口飲み視線を上げると、突然エリン様の後ろに上着を脱いだシャツ姿のヘンリー様が音もなく近づいていた。いつの間に！　と、驚いて声をあげそうな私に、彼はシーっと口に人差し指を立てる。

彼は後ろからエリン様の目を覆って、甘ーい声でだーれだ！　と、言うと思ったら、エリン様を背中から羽交い絞めした。

「うそでしょ――!!」

私の絶叫と共に、エリン様は立ち上がり、何がどうなったのか、電光石火の早業でヘンリー様は足元に倒され、両手はエリン様によって頭の上に押さえつけられ、ドレスの右膝が彼のみぞおちに入っていた。

「あー気づかれたか～！」

「いい加減このような真似はおやめください！」

エリン様が拘束を解くと、ヘラリと笑って立ち上がり、パンパンと体に付いた埃を払った。いつの間にか私も立ち上がってこぶしを握りしめており、このカップル定番の冗談らしいと理解すると、力が抜けて、ストンと腰を下ろした。ヘンリー様は毎度こういう登場しかできないキャラなのか？

そんな私の肩に、不意に後ろから手が回る。

「なっ！」

「ピア？　びっくりしたね。こいつらときたら本当に……大丈夫？」

私の右耳のすぐそばに低く柔らかい、大好きな声がある。

「ルーファス様だ。どうして？」

「ちょっと王宮で……父の手伝いをしていたら、ヘンリーが婚約者同士のお茶会に突撃しようと誘いに来た。女性の集まりに顔を出すのは野暮だと断ると、一人でも行くと聞かないから」

はあ、とため息を零すルーファス様。少し痩せた？　アカデミーに入学して二カ月経ったが、最近ルーファス様は休みがちだ。宰相閣下の執務室が圧倒的に人手不足らしく、駆り出されているという。今日のような休日まで出仕しているとは随分と激務のようだ。

「お仕事のお邪魔をしてすみません。でも、しばらく会っていなかったから嬉しいです。ヘンリー様、連れてきてくださってありがとうございます」

「ピア、私も会いたかったよ。ヘンリー、ピアがこう言っているから許してやる」

「ルーファスが笑ってる……」

「ええ、私も最初は信じられなかったわ……」

二人の呟きにハッとして見ると、ヘンリー様は口をあんぐり開けたまま固まり、エリン様は肩をすくめて、少し乱れた椅子やテーブルを整えるように指示を出していた。

あっという間に四人向けのテーブルになり、当たり前のようにヘンリー様もルーファス様もそれぞれの婚約者の隣に座る。

私の、できるだけ他の攻略対象者には会わないで生きていこう！　という決意は一体……。

とりあえず、気を取り直してエリン様にお尋ねする。

「えーっと、こんなこと、よくあるのですか？」

「しょっちゅうよ。先触れなく突撃してくるの」

「先触れなんかしたら面白くないだろう？　それにしても今日のエリンの服、ピアノの鍵盤みたいだな」

ヘンリー様はそう言うと、大きな口を開けて、手づかみで青りんごを食べた。ヘンリー様はお菓子は腹に溜まらないから、好んでは召し上がらないそうだ。

「ほんっとにもう！」

エリン様がわき腹をつねる。そうしながらも、どこか嬉しそうだ。

「だってこいつ、いっつも、こんなでかい家で、一人でつまらなそうにしてるんだぜ？　全力で驚かすしかないだろう？　いてえ！」

エリン様は今度は手加減なしでつねったあと、顔を真っ赤にしてそっぽを向いた。

ヘンリー様のやり方は荒っぽいけれど、エリン様の状況を正確に把握して、見守っているようだ。この立派なお屋敷でひとりぼっちのエリン様が寂しくないように。

「ヘンリー様は……お優しいのですね。私はエリン様の友達として合格点でしょうか？」

「はあ？　何言ってんの？　エリンは俺の何倍も人を見る目がある。エリンが選んだ友達に文句つけるわけないじゃん。でもまあエリンとルーファスと話しているのを見て、いい子だってことは俺にも伝わった。俺もピアちゃん好きだよ！　仲良くしようぜ！」

「る、ルーファス様！　この人ご存じのとおりバカなんです！　他意はございません！　ヘンリー、あなた命が惜しくないの⁉」

「ん？」

「……エリン嬢、次の騎士団の公開稽古はいつかな？　君たちも当然参加するよね？　久しぶりに私も参加する旨を団長に伝えておいて。こいつを正当な場で一回殺るから」

「お！　久しぶりにルーファスと手合わせできるのか？　やったぜ！」

「わあ、三人とも戦うのならば、見学に行きたいです！　お邪魔でしょうか？」

「あああああ！　なんて脳天気な！　なぜ地獄が目の前ってことが伝わらないのお！」

そうして四人でしばし楽しいひとときを過ごした。柑橘類の好きなルーファス様に例の晩白柚？　をむいて差し上げたら、美味しそうに食べてくださった。

エリン様の顔色がドンドン悪くなっていったのは、女同士の秘密の恋バナを聞かれたと焦ったから？　まるで蛇に睨まれた蛙のようだ……。

それともヘンリー様と二人で過ごすチャンスを邪魔しちゃったからかもしれない。そう思って私とルーファス様は一足先にホワイト侯爵邸をあとにした。

我が家の馬車はサラと共に一足先に帰されていたので、ルーファス様の馬車に乗せていただき、二人で向かい合って腰かけた。

「あ、これってダブルデートだ」

思わず口に出た。大好きな彼と、大好きな友達と同時に遊べる最高に幸せなシチュエーション。前世では一度もしたことがなかった。

「だぶるでーと？」

私の呟きが聞こえていたようだ。ルーファス様が首を傾げている。

「今日のように二組の男女が仲良く交友をはかることです。ルーファス様はエリン様と親睦が深まりそうですか？」

「うん。エリン嬢はピアのことをよく理解してくれていることがわかって安心した。ヘンリーは……今後ピアに馴れ馴れしくするようならすぐに報告しろ。排除する」

「……私もルーファス様とヘンリー様の遠慮のないやりとりを見て楽しかったです。だから排除はしないでくださいね」

「ヘンリーは命拾いしたな」

何げに物騒なことを連発しているけれど、ヘンリー様はルーファス様の気の置けないお友達と思ってよさそうだ。四人でまたこのような楽しい時間を取れればいいと、思う。

自分の断罪と国外追放を避けるため、これまであれこれ頭をひねってきた。自分の心配だけで手がいっぱいなのだから、他人の役になんて立てるわけがない。だからアカデミーでも一人でひっそりともがいていこうと思っていた。

でも、エリン様とヘンリー様に出会い、好きになった。このお互いがお互いを支え合っているお似合いの二人にも〈マジキャロ〉の厄災が降りかかるのだろうか？　三年次に編入してくる予定のキャロラインによって二人の仲に楔を打ち込まれ、憎み合うようになってしまうの？

歯をむき出しにしてニカッと笑う、素直なヘンリー様が、卒業パーティーでエリン様を指差して、嫌悪感むき出しで罵るようなことになるのだろうか？

全くもって他人事ではない。今日という日が幸せであったからこそ、いつもの倍、不安が募る。

「ところでピア、例のキャロラインだけど」

キャロライン？　ちょうど考えていた人物の名前がルーファス様の口から飛び出し、慌てて向き直る。

「キャロラインのファミリーネームはラムゼーで合ってる？」

「……はい」

十歳の私はキャロラインの姓までもれなく伝えていたらしい。そして、ルーファス様は五年も前の話を子細まで覚えてくださっていたのか。

私の〈予言〉を本当に信じてくださっているのだ。なんの根拠も示せないのに。

「ラムゼーは我が国の西に小さな領地を持つ男爵家なんだけどね。数日前、養子を迎えたらしいという連絡が入った。社交もせず屋敷に籠って外に出てこないから、これ以上の情報はないんだけれど」

養子ということは、ゲームの設定上キャロラインの可能性が高い。

「ラムゼー男爵家を見張っていらしたのですね」

「まあね。でもなかなかガードが固くてね、内情はあまり摑めない。関係者全員口が堅いようだ。このことを伝えたくて、今日はヘンリーの誘いに乗ったんだ」

「そうだったんですか……」

私と情報を共有してくれるなんてありがたい。ああでも、キャロラインの足音が聞こえてくるようで……恐ろしい。

私が俯き、下唇を嚙んでいると、ルーファス様が焦ったような声をあげた。

「おい、誤解してないよね？　キャロラインのことはきっかけにすぎない。もちろん純粋にピアに会いたかったから訪問したんだ！　ヘンリーであれ、私のいないところで他の男とピアを会わせるわけがないだろう？」

「婚約者であるエリン様もいらっしゃるんですよ？　そもそもどう見てもヘンリー様、エリン様一筋ですよね？」

「相手が誰であれ、ピアの瞳に他の男が映っていると思えば、私は激しく嫉妬するよ」

「嫉妬……ですか？」

　意外な答えに目が丸くなる。

「そうだよ。昔言わなかったかな？　私の愛は重いって。そうそう、今後家族以外の人間に会う時は、私の贈ったドレスを着ること。前も言ったと思うんだけど？」

「友人宅に……オートクチュールのドレスはちょっと大げさでは？」

「じゃあ、もっといろんな服も仕立てないとね」

　そう言いながらルーファス様は私の隣に座りなおした。私は地味な紺のワンピースを摘んで、母の紺色信仰とスタン家のグリーン尽くめをどう折り合いをつけようか？　と思案する。

「ルーファス様こそ思い違いをされています。私はこれまでモテたことなどありませんし、そもそもルーファス様のことで、たいてい頭はいっぱいです」

「ははっ、たいていって……化石に気を取られることもあるってことかな？　よし！　化石に負けないように頑張るよ」

　ルーファス様は声を出して笑いながら、私の額にちゅっとキスをした。

久しぶりにお義母様から召喚された。

お義母様にならってティーカップを口に運ぶが、きっと最高に美味しい茶葉なのに、緊張のあまり味がわからない。リラックスしようと窓の外を見ると、相変わらずしとしととこの時期特有の雨が降っている。しかし紫陽花とカタツムリは喜んでいるようだ。

「実はね、ピアの噂をどこで聞きつけたのか、王妃様から私と共にお茶会に招かれているのだけれど、どう思って？」

「嫌です！　無理です！」

私は相変わらず気が弱いけれど、できないことはできないと言うように、ルーファス様にこの数年でキッチリ躾られている。安請け合いは周りに迷惑をかけるのだ、と。ルーファス様に迷惑をかけたら一族で首をくくる他ないではないか！

「まあそうよね。あの方は全く政務に興味がないの。まあ陛下がそれを可愛いと思ってらっしゃるからいいのですけれど……私には理解はできないけれどもね。困ったこと。ピアのこれまでの研究成果など何一つ興味ないくせに、話題のマスコットとして見せびらかすために呼び出したのよ」

お義母様は基本微笑んでいらっしゃる。ただ五年もお付き合いしてきたので、微妙な表情の変化がわかるようになってきた。眉間が若干狭まって、口角が右のほうが上がりすぎている。あ、扇子で鼻から下を隠した！　決定だ。怒ってらっしゃる……。

「うちの娘を余興に使おうなどと……」

優雅な扇子からバキッと音が鳴った。お義母様の侍女が音もなく新しいものと取り換える。何もかもが怖い！

「お、お義母様！　お義母様の良きように従いますっ！」

「そう？　じゃあ一番害のなさそうな、ピアの三十四番目の論文『二億年前のシダ①の進化と退化、および一億年前のシダ②への移行に関する考察』の複写を渡して、それに関する質問が十まとまったら、ピアが回答に伺います、と伝えておくわ」

「ええ！　それけっこう私の渾身の論文なんですが！　その論文を書くきっかけとなったシダの化石は今までの中で一番葉っぱが丸っぽく特徴が……」

「ピア！　自分の価値観と他人のそれとは違うのです。ここで、十五番目の『地層別の含有物の推察』や四十四番目の『海岸線と津波予測』を安売りするわけにはいけないでしょう!!」

「は、はいぃぃぃ！」

お義母様ははあ、とため息をつき、頭に手をやった。

もっと怒らせちゃった……あれ、お義母様、お化粧で上手く隠しているけれど眼の下にクマができている。お疲れのご様子。この長雨のせいで頭痛とか？

いやひょっとして……

「お、お義母様、お義父様の看病であまりお休みになっていないのでは？」

お義母様が一拍置いて、目を伏せた。

実は、ここ数日ルーファス様がアカデミーを欠席していたのは、お義父様が体調を崩されて代理として宰相の執務にあたるためだったのだ。私に心配かけまいと話すつもりはなかったそうだけれど、なかなか回復せず、思ったよりも長引いたために、ルーファス様がつい先日教えてくださった。

お義父様、今日も具合が思わしくないのであろうか？　あまり深く立ち入るのも不作法だと一瞬躊躇したが、常に完璧なお義母様が隙を見せるなど非常事態だ。

私はこれまでの絆を信じてエイっと踏み込む。

「あの、私、お義父様にご挨拶に行ってもいいですか？　今日はルーファス様がお戻りになるまで待つように言われておりますので、時間はたっぷりあります！」

お義母様は私をじっと見つめたあとで、ふう、と息を吐き、表情を緩めた。

「心配しないで。夏風邪みたいなものだから。……そうね。可愛いピアがアカデミーの様子を話したら、レオも喜ぶでしょう。誰か、ピアを主寝室に案内して」

若い侍女が私に頭を下げて立つように促す。彼女に続いて居間から退出しようとすると、お義母様も席を立ち、私のそばまでやってきて、そっと私を抱きしめた。

「ピア、ありがとう」

お義母様は穏やかなラベンダーの香りがする。よかった……受け入れてもらえた。私もぎゅっと抱き返して、頭を軽く下げて侍女を追いかけた。

案内されたのは、屋敷で一番奥にある、当主の寝室。

そっと中に入ると、室内は薄暗く、天蓋つきの大きなベッドにお義父様は横たわっていた。雨音だけが子守唄のように響き渡る。

そっとお義父様の枕元へ行き、置いてある椅子に腰かける。少しお痩せになったようだが、食事があまり喉を通らないのかもしれない。額から気持ち悪そうな汗が流れている。私はテーブルにあった柔らかいタオルを取って、そっとそれを押さえた。

「……誰だ」

ルーファス様で見慣れたエメラルドの瞳がうっすらと覗く。

「ピアです」

私は小声で答えた。

「……ビアンカは？」

「お義母様にはお休みになっていただきました」

「……ピアはどうしてここへ？」

「お義父様にアカデミーでの生活についてご報告しようと思いまして、こんなところまで押し入りました」

お義父様は目をまん丸にして、ルーファス様そっくりのポーカーフェイスを崩された。

「ふ、ふふ……ゴホゴホ……ピアの純朴さにはビアンカも敵わないようだな。では最近のアカデミーについて聞かせてくれ」

「はい！　まず、校舎はそこそこ綺麗なのですが、私の研究室はとっても古いです。隙間風がひどくてドアの立て付けも悪く、部屋自体がきしみます。まあお部屋をいただけるだけありがたいですけど、冬になったら凍えるかもしれません」

私は小声で、でもはきはきと、なるだけ心配している気持ちを見せないよう心がける。

「それは……問題だな」

「あ、お友達ができました！　エリン・ホワイト侯爵令嬢です。実はお友達って初めてで、エリン様も実はルーファス様が紹介してくださって……社交性がなくて情けないです」

「いや……それはルーファスが過保護なせいだろう……」

「エリン様はお美しいうえに賢く強く溌剌とされていて、あんな素敵な方がお友達なことを嬉しく思いつつも、どこか妬ましくて……心が狭くてダメですね」

「……うむ。ピア？　私たちはピアの才能を高く評価しているが、スタン家がピアを最も好ましく思っているのは、ルーファスをただ愛してくれているところだ。それだけでいい。それが全てだ」

「で、でも、ルーファス様を愛することは簡単ですよ？　だって、あんな素敵で、努力家で、思いやりがあって……本当は私よりもっとルーファス様に相応しい方がいるとわかっております……でも、私は浅ましくももう、離れられない……」

思わず目を伏せてしまう。

「いや、ピア以外にそんな本当のルーファスを知る者は現れんだろうね。ほら、そんな悲しそうな顔をしていたら、私がルーファスに怒られる。さあ私は目を閉じるから、ぐっすり眠れるように今はやりの歌でも聞かせてくれ」

「お、お義父様ってば、私が研究一辺倒で世事に疎いとご存じなのに無茶ぶりを……」

話の途中というのにお義父様は既に目を閉じている。こういうところはルーファス様に似ているかも？　私は必死に覚えている歌を歌ってみたが二曲でネタ切れした。お義父様の呼吸は規則正しくなっている。もう眠られたようだ。ならばと、前世の、耳に残っているヒットソングを口ずさんでみる。

弱気な曲じゃなくて元気いっぱいでノリのいいもので、たくさんの女の子が楽しげに歌って踊っていた。この世界にはフォーチュンクッキーあるのかな？　元気になったお義父様とワイワイ食べたい。

そういえば、〈マジキャロ〉の必勝アイテムもクッキーだったわ……。

嫌なことを思い出した。ぶんぶんと頭を横に振り、お義父様の掛布団を綺麗に整え、前世の幼き日、雨の日に長靴でジャンプしながら歌った優しい童謡を歌う。

お義父様、早く良くなって……。

ルーファスが足音をたてずに父のベッドのそばに行くと、父はゆっくり目を開けた。そんな父の横の椅子に腰かけたまま上半身をベッドに突っ伏して、ピアは眠っている。

「お加減は？　医療師によれば毒はほとんど体外に排出できたとのことですが」

「来週には仕事に戻れる。すまんな。私としたことが」

「全くです。父上らしくもない。それにしても一体誰がこのような新手の毒を……ところでピアはご迷惑をかけませんでしたか？」

「ふっ……ゴホゴホ。まさか。愛らしいだけだ。おそらく私のために焚いている安眠の香が利いたのだろう。他国の不思議な子守唄を歌ってくれた。そうしているうちに互いに寝てしまったようだ。大方ピアも研究に没頭して常に寝不足なのだろう？」

「本日の政務の報告とご相談は明日に致します。特に大きなことはなかったとだけ」

ルーファスは慎重にピアを抱き上げた。起きない最愛の女に微笑みかける。

「ピアのアカデミーの研究室は、隙間風が吹いて、ドアは立て付けが悪く、きしむそうだぞ？」

「……賊が侵入していますね。いかに古い建物でも研究の結果を左右するような瑕疵のある部屋を、国のエース研究者にあてがうわけがない。父上の毒殺未遂との関連は今後調べるとして……とりあえずのところピアの研究成果狙いか。ピアの論文はしょせん凡人には理解できないというのにご苦労なことだ。ピアが在室の時はマイクがいるので心配ないのですが、夜間は……影をお借りしても？」

「自由に使え。……ピアは本当に純粋だな。こんな薄汚い、影なんぞを動かす我が家にはもったいない」

「全くの同意ですが、ピアを放してやるつもりなどありません」

「全くの同意だ。我らに気に入られたのがピアの運の尽き。お前が汚い部分など見せず、完璧に幸せにしてやればいいだけだ」

「もとよりそのつもりですよ。では、おやすみなさいませ」

ルーファスはピアをもう一度愛おしそうに深く抱きしめ、部屋を出た。

恐れ多くもお義父様の目の前で寝入ってしまった私は、帰宅後母に大目玉をくらった。生活リズム改善を言い渡され、私は自分の研究時間を一日十時間から七時間に減らして睡眠にあてることになった。

そして受講する授業がなくて研究が捗った日は、お義母様のご都合がよければ侯爵家で教育を受ける。幼い頃から婚約している貴族はアカデミー卒業後、準備が整い次第結婚するのが一般的。それゆえお義母様の教育にも熱が入る。

お義父様は無事快復し、政務に戻られた。しかしこれを機に不測の事態に備えてルーファス様は本格的に宰相の手伝いとして国政に関わるようになられた。あまりアカデミーで姿を見ることはない。

下校を促す鐘が鳴った。今日は真っすぐ帰宅予定なので荷物をまとめていると、研究室のドアをノックされた。こんな時間に誰？　私付きの護衛、マイクがゆっくり立ち上がる。

「どちら様ですか？」

ドアの向こうに声をかける。

「ピア！　覚えているかい？　昨年王宮で会ったジョニーおじさんだ」

確かに一度聞いたら忘れられないバリトンボイス。私はマイクに下がるように合図して、ドアを開ける。

「ピア！　久しいな！　おっとロックウェル博士と言ったほうがいいか？　こんな可愛い子が博士なんて、全く神はいたずら好きだな！」

子どものように抱き上げられグルグルと回される。目が回る中、チンッと音がしたのでその方向を見ると、マイクが剣に手をかけ立ち上がっていた。おじさんはそっと私を床に下ろす。

「……そうか、当然護衛がいるか。プラス……レオの影が二人ってところかな？　睨むな。ピアが宝であることは、お前の主と同じくらいわかっている」

「えっと……とりあえずお茶でもいかがですか？　マイク、問題ないわ。御者に三十分遅れると伝えてください」

マイクがドアの外の護衛仲間と話している間に、私はお湯を沸かし、お茶を淹れておじさんにお出しする。そして落ち着いたところで質問する。

「あの、おじさま？　この研究棟にどうやってお入りになったのですか？」

アカデミーの研究棟はこの国の科学技術の最先端だ。十年後、二十年後を見据えた研究が行われており、今は役に立たずとも将来大きな革新をもたらすかもしれない情報が山と積まれている。ゆえに出入りは厳しくチェックされているのだ。

私に付随する入室カードは二枚。ロックウェル家では父と兄はそこそこの研究実績があるので自分のカードを持っている。なので私の二枚はルーファス様とマイクに使ってもらっている。

「それなら、ほら」

おじさんが胸ポケットから出したカードは赤。ぎょっとした。全ての部屋の出入りを許されたチートカードだ。このアカデミーの学長しか持ってないと思っていた。ちなみに私はイエローカード。学長室と金庫室だけ入れない。

「レッドカードなんて一体……」

「ん？　ああ、私はここの学長と仲良しなんだ」

おじさんはそう言ってにっこり笑った。この笑み、侯爵家で見たことがある。これ以上聞いちゃダメだよってやつだ。あの髪もヒゲも真っ白く長い、魔法使いのおじいさんのような学長と仲良しねえ……世代が違うように思うけれど。

おや、マイクの顔が一気に引きつった。身内以外の前で表情を出すなんて珍しい。

「……えっと、それで今日のご用向きは？」

「うん？　あの日また会いにくると約束したじゃないか！　久しぶりにピアの元気な姿を見たかったんだ。学長から一心に勉強していると聞いているけれど、噂だけじゃ物足りなくてね。あ、お菓子を土産に持ってきた。食べなさい」

おじさんは手元の袋から焼き菓子を取り出すと、ざらざらざらっと用意した皿に開けた。見たことのない……前世で例えるなら小ぶりのマカロン？

「おい、君、毒見するか？」

「……滅相もございません」

マイクが首を横に振る。私がマイクに食べていいのかジェスチャーすると、今度は首を縦に振ったので、一口食べる。やはりメレンゲを焼いた食感だ。ベリー系のジャムが挟んである。現世では初めて食べた。

「舌の上で溶けるようです。甘くてふわっとしていて美味しい」

私がモグモグとほおばる様子をおじさんはにこにこと見ながらお茶を飲む。私が飲み込んだタイミングを見計らって、おじさんは身を乗り出した。

「今、街で一番斬新なお菓子だそうだ。ピアに喜んでもらってよかった。実はこれは賄賂なんだよ」

「賄賂？」

「そう。今日は仕事の依頼で来たんだ」

「依頼……私に？」

「うん。南のデルーの海岸線の調査をしてほしい。もちろん学業、研究優先で」

デルー地方？　……正直心が揺れる。この世界は基本どの土地も私有地だ。前世のように気ままに散策でもしようものなら、見つかった瞬間に殺されてしまう。つまり今現在私が自由に調査発掘できるのは、ロックウェル領とスタン領だけ。

この話、その土地の領主の許可を得た正式な依頼であるならば、未知の化石に会える願ってもないチャンスなのだ。

おじさんから資料を手渡され目を通す。調査内容の下に、関係する土地の数名の領主のサインや、国のインフラ担当の大臣のサインが入っていた。完璧な書類に、胸が期待でドキドキする。

「一昨年、スタン領東部の調査をしただろう？　あの要領でいい」

え？　なんで知っているのだろう？　スタン領の地名を論文で出したことなどないのに。確かに以前お会いした時、言葉の端々にお義父様との繋がりが垣間見えたけれど……まあ、ここに出入りできることからして怪しい方ではないはず。だとしても、

「ジョニーおじさま、久しぶりの再会のあとにあまりに突然の申し出、理解が追いつきません」

「ピア、もちろん調査費、製作費、旅費などの必要経費だけでなく、報酬も出す。日当十万ゴールドでどうだ？」

「十万ゴールド？」

化石を探す合間にチマチマ測量するだけで、そんなに貰えるの？　というか、私、自分

の手で、この世界で稼げるの？

「ピアは今最も注目されている研究者なんだよ？　れっきとした博士でもある。妥当な金額だとこの私が保証しよう」

お金は……仕事は大事だ。私はあと二年後、国外追放されるかもしれないのだから。仕事の実績や蓄えは……あったほうがいい。

「ピア様！」

マイクの声でハッと我に返る。

「あのっ、大変魅力的なお話なのですが、私の一存では決められません。帰宅して家族と相談致します」

「そうだね。博士とはいえまだ十代。きちんと育ったピアはそう言うだろうと思って、一筆書いてもらってきた。はい！」

そう言っておじさんは私に一通の封筒を差し出した。中の便せんを取り出すと、そこには、

『ぴ、ピア、この方に我が家は大変お世話になっている。謹んで依頼をお受けしなさい。父より』

若干震えているものの、確かに几帳面な父の字だった。

「信用してくれたかな？」

「……書面にて契約致しましょう」

「ピア様!!」

マイクが困ったような声をあげる。でもわかるよね？　父の添え状があるのなら断れないわ。それに……後ろめたくないお金は魅力的だもの。

「おっと、気は弱いけれど、ここぞって時には意外としっかりしているのだね。なるほどなあ。レオが得意げに自慢するわけだ」

母につい先日、時間の使い方をコントロールしろと怒られたのに、結局ますます忙しい生活に自分を追い込んでしまった。

仕事として土地の調査をするのであれば、これまで以上に厳格な測定を行わなければならない。そのためには、きちんと、目盛を統一した道具が必要だ。前世のようにレーダーで測るほどの正確さはないまでも、私にだってプライドがある。

ということで、お忙しいルーファス様を我が家にお呼びして、次期伯爵である兄にも同席してもらい相談する。

「発掘と測量のための道具ね……。杭やら、たがねはスタン領で作らせたほうがいいだろう。製鉄しているから」

「軍手や荒縄、巻き尺はロックウェル領のほうで作れるぞ？　繊維業の町工場がある」

「縄はなるべく伸び縮みしないものがいいです。誤差も積み重なると大きな差になりますので。それと、目盛を統一するために、できるだけ同じ場所で、同じ人に書き入れてほしいです」

「目盛を入れる専門職と、それを精査する者のセットが数組か……」

前世でも確か計量士という国家資格があった。

「お手数をおかけして申し訳ありません」

「いや、新しい生産系の仕事が領に増えることは大歓迎だぞ？　ピア」

兄が肯定的でひとまずほっとする。そもそも目の前にある使い込んだ道具たちは幼い頃父と兄に手伝ってもらって作ったもの。説明など不要だろう。

「でもお金がかかります。鉄はけっこう値上がりしておりますし、私に調査費が入るのは当分先ですし。でも道具がなければこの先は調査できず……」

「ピア、初期投資は私がするからお金の心配はしなくていい。私の目算ではすぐに回収できるはずだ。義兄上の言うように生産系の新規の仕事ができるのは長い目で見ればいいことだよ。それに私は測量の技術そのものをピアから学び、それを生業とするロックウェルとスタンブランドの優秀な技術集団を作りたい。じきにピア一人では手に負えなくなる時が来ると思うのだ」

なんとなく化石が置いてけぼり感があり、釈然としないけれど、双方の領民の賛同など私が取りつけられるわけもなく、ありがたくルーファス様と兄にお願いした。

そしてアカデミーの夏季休暇中、私はロックウェル領とスタン領から募った、兄とルーファス様の面接を潜り抜けた測量士希望の皆様に、スタン領で実地講義することになった。

宰相閣下の手伝いで最近お忙しいルーファス様に付き合っていただくのはしのびなく、私だけで行きましょうか？　と尋ねたのだが、

「私の領地とはいえ、私自身の手の届かぬところにピアを向かわせるわけがないだろう？」

ルーファス様は過保護だ。

測点に杭を打ち、背の高い目印を立て、長さを正確に記した長縄で測点同士を結ぶ。そしてコンパスで角度を測り、書き記し、領主邸に戻ったあと、地図に起こすという地味な作業を実演し、何度も繰り返す。前世風に言えば〈導線法〉だ。高度や勾配の測量は今回は勘弁してほしい。私の測量はあくまで化石発掘の副産物なのだから。

私のつたない動作や言葉を何一つ聞き逃すまいとしてくれる参加者の皆様……とルーフ

ァス様には驚いた。いつも私の作業中は寝転んで読書しているのに。

「測量とは……ピアの発想には舌を巻くが、話を聞けば理論上は理解できる。しかし頭で考えるのと、実行し完成させうる才能は全く別だ。よもや地図になるまでの工程がここまで根気のいる作業だったとは。何度も地道に繰り返し、データを複数取ることで値をより完璧なものに近づける……道具にこだわったのも納得だ。これからはより正確な地図を持つものが、その土地を制するようになる。……となれば危険だ。この知識と技能をしっかりと保護しなければ。この方法の発明者であるピアはもとより、今日この場にいる者全て、しばらくは集団で行動させ護衛をつけるか？　ああ、この知識を漏洩させぬよう契約書を改める必要もある……」

メモを取りながら小難しい顔をしているルーファス様。次期領主として威厳を示しているのかしら？

そんなルーファス様がやおら私の肩を抱き、

「皆、もうコツは掴めただろう？　警護の者がいる範囲で各々測量してくれたまえ。そして地図になったものを明日博士が添削し、問題点を指導する。いいね？　解散」

次期領主の声がけに、皆さっと散らばった。ルーファス様を見上げると、ニコッと笑っている。そうか！

「ルーファス様ありがとうございます！　では私、しばし発掘にいそしみ……」

「ピーアー！」

「はい？」

「今日は発掘禁止。どれだけこの真夏の炎天下に突っ立っていたと思ってる！　水分を取って、休憩！　ひと眠りしたら食事！　わかった？　自分の体力があの働き盛りの男どもと同じと考えるな！」

「そんなあ……」

私はひょいっとルーファス様に抱き上げられた。ダガーを傍らに引き連れて日陰に連れていかれ、サラに渡された水を飲み、問答無用で敷き物の上に転がされた。

「ひどい、ルーファス様、今日は絶対に哺乳類の化石が待っている予感がするのに……」

「ダメとは言ってない。日を改めるんだ。これ以上私のピアを他人に晒すほど私は寛大ではない。さあ、目を閉じて」

しぶしぶ言われたとおりにすると、一気に体が重くなる。確かに疲れていたようだ。労るようにダガーや他の犬がクウンと鳴きながら頭をすりつけてくる。

ルーファス様は私がかつて目の前で倒れたことをいつまでも覚えていて、私の体調を私よりも気にしてくれる。変なトラウマを植えつけて申し訳ない。でも……

「ふふふ」

「どうした？」

「いえ、ここでルーファス様と、ダガーやブラッドと一緒にお昼寝することが、結局一番の幸せだなあって思いまして」

「……私も、こんな幸せがあるなんて、ピアと出会うまでは夢にも思わなかった。何物からも運命からも、奪わせないよ」

ルーファス様は私の頰に流れるようにキスをして、私の横に寝転び頭の下に手を組んで目をつむられた。私は一気に覚醒してしまった。体をそっとルーファス様に向けて、彼が眠っているのをいいことに、じっくりと観察する。

ルーファス様はアカデミーに入る頃から一気に背が伸びて、筋肉がつき、私と大して変わらなかった体格はあっという間に男らしくなった。

アッシュブロンドの真っすぐな髪は耳にかかる長さで、ふとした時、後ろに掻き上げる。まん丸だった瞳は年相応に細くなり、そのグリーンの瞳には叡智が溢れ、何物も見通すように光っている。でも私と向かい合っている時は、ユーモアに煌めいていて……。思い浮かべれば、つい微笑んでしまう。

ああ、あと少しだけでもいいから、こんな平和な時間が続いてほしい——ゲームスタートまでの猶予は、もう一年半しかないのだから。

そう祈らずにはいられなかった。

第五章 ヒロイン登場

コツコツと日々を積み重ねるうちに入学して一年経ち、私は十六歳、みなし二年生になった。

地味な四階の端っこにある私の研究室で参考資料を読みふけっていると、

「ピア！」

突然、背後から声がしてびっくりする。

「ルーファス様、驚かせないでください」

「ちゃんとノックしたし、マイクも声をかけたはずだぞ？」

夢中になりすぎていたようだ。メガネを外して眉間を揉んで、ルーファス様に座るように促し、彼の好きなお茶を淹れた。

今日のルーファス様は制服ではなく黒地に刺繍の入ったスーツ。王宮帰りだろうか？ ソファーで優雅に足を組み、アームに肘をついてお茶を飲む。

私もいそいそと向かいに腰かけて、お茶を両手に包んだ。温かい。いい香り。

「実は、先ほど連絡が入った。明日編入生が来るとのことだ。名前はキャロライン・ラムゼー男爵令嬢だ。養子ではなく男爵の生き別れた娘……まあメイドに産ませた隠し子ということになっているが、昨年夏に入手した情報と一致する。ピアからこの話を聞いて六年。ピアの予言が本物だと証明された。神の啓示が聞けるとは、ピア、素晴らしいな！」

……キャロライン？

ガチャン！ とカップを落としてしまう。紅茶が飛び散り、カップが粉々に割れた。

ルーファス様が慌てて駆け寄り私を抱き上げる。

「おい！」

「は！」

研究室の隅に控えていた、マイクがさっと片付ける。

「あ、私が！」

「じっとしていろ！ ヤケドしてないか？」

「は、白衣を着ていますので、大丈夫です」

マイクが何事もなかった状態に片付けて、脱がされた濡れた白衣とゴミを持ち静かに出て行った。

ルーファス様が私を抱いたままソファーに座る。アカデミーに入って以来、字の練習はしていないので、随分と久しぶりだ。下りようと体をよじるも逆に深く抱きとめられる。

「ピア……キャロラインが怖いか？」

「………」

「私が信じられないか？」

「ルーファス様もおっしゃったわ。予言は……当たったでしょう？」

「ああ、いよいよ本番だな」

　でもどうして？　〈マジキャロ〉では十七歳になる今年にキャロラインが男爵に見つけられて、来年三年生から編入する設定だった。ゆえに全く心づもりなどできていない。あと一年あると思っていた。明日〈マジキャロ〉ゲームスタートなの？　私の穏やかな日々も、とうとう終わってしまうの？

　なぜ、ゲームよりもキャロラインの編入が早まったのだろうか？　何もかもが突然すぎて、動揺を取り繕うこともできない。

「少々予言よりも時機が早いか？　しかしいよいよ舞台も役者も調った。ピア、私がポッと出の男爵令嬢風情に惑わされる男かどうか、高みの見物をしていればいい」

　ルーファス様がニヤリと笑う。

　私にもルーファス様の自信が一ミリでもあればいいのに……。

　私の体は不安に敏感で、すぐに胸がキュッとしぼみ、動悸が始まる。私は深呼吸を繰り返し、平常心平常心と暗示をかける。

　私の様子に気がついたルーファス様はすぐに私の背中をさすってくれる。

「おいピア⁉ 落ち着いて、呼吸を整えて。……いいか？ 私は己に降りかかる火の粉は容赦なく払うが、ピアを巻き込むつもりはない。ピアは今後アカデミーでどう過ごしていきたい？」

彼の膝の上で視線をガッチリ合わせられる。言わなきゃ、引き下がってくれない顔だ。

小さな声を零す。

「……キャロラインとは……顔を合わせたくない。間違っても二人きりになどなりたくない……です」

ルーファス様が小さく頷く。

「わかった。授業は全て被らないように、鉢合わせなどしないように誘導しよう。そして必ずマイクか私の手の者をピアに付ける。決してピアを一人にしない。もし私が執着されピアが恋敵とみなされたら危害を加えられるおそれがある。距離を取っていたほうが確かに安全だ」

本当はいわゆるゲームの強制力が心配なのだ。そばにいたら、体が勝手に動き出し、彼女を階段から突き落としたり、教科書を破いたりという意地悪なイベントをこなしそうで怖いのだ。

でも、結局のところ問題なのは、ルーファス様の心。

「ルーファス様が、キャロラインに惹かれても、しょうがないです。彼女は美しいもの。

私よりもずっとずっと。けど、いつの間にか私が彼女をいじめたように誤解され、疑われて、ルーファス様を好きな私の気持ちまで疑われたら、私……私……」

キャロラインはこれぞ王道乙女ゲームのヒロイン！　というような、愛らしさ全開の容姿だった。ルーファス様が一目惚れする可能性がないとなぜ言えようか？

それにひきかえ私は制服の上に汚れた白衣を羽織り、研究に邪魔だから、腰まで届く黒髪は三つ編みをひねって襟足でまとめているだけ。顕微鏡を使い始めて視力が悪くなり、デスクワークではとうとうメガネまでかけるようになった。

化粧は特別な場合を除いてお義母様から『結婚するまでダメよ？　暴走しちゃうから』とよくわからない理由で止められている。

つまり私は前世と変わらず、真面目を絵にかいたような姿だ。

ルーファス様に嫌われたら、泣いて泣いて枯れ朽ちてしまうとはっきり自覚した。なんでいつも上手くいかないの？　つい我慢が利かず涙が溢れ落ちる。

「ピア……ここでそれを言うか……クソッ！」

ルーファス様がぎゅうぎゅうに私を自分の胸に押しつけた。涙がルーファス様の服に吸い込まれる。

「私の気持ちが伝わっていないばかりか、なんだこのピアの自己評価の低さは！　私が囲いすぎたからか？　他者に極力会わせなかったから、自分の偉業がわかっていないのか……。ピアの家族はご両親も兄上も学術肌で無頓着だしな……全員天才だと、娘の功績が称えられるべきものだと気づかないものなのか？　失敗した！」

ルーファス様はそっと腕を緩め、私が泣きやむように背中をさすり続けた。そして片手で私の顔を持ち上げた。

「ピア、あの日の契約、覚えているか？」

私はこくんと頷いた。当たり前だ。

「私は己の全プライドにかけて、君以外の女になど屈しない。よってピアの自由時間は卒業までのあと二年だ。マイクを供につけるならば少しくらい王都で羽を伸ばしていい」

「……二年後、国外追放ってことでしょうか？」

止まりかけた涙がブワッと集まる。

「ちがーう！　二年後、この賢い頭のてっぺんから可愛いつま先まで私のものにするということだ！　ピア、私の気持ちを散々疑ったこと、絶対に後悔するからね」

私の頬を撫でていたルーファス様の手が顎にかかり、ルーファス様が頭を下げて……私は初めて口づけられた。

「あ……」

初めてなのに、ディープなやつで……腕でガッチリ頭と体を固定されて、嫌いな相手には絶対できない感じで……私は驚きのあまり泣きやんだ。

唇が数ミリだけ離れ、目尻の涙を吸い取られ、瞳を覗き込まれる。

「煽るピアが悪い。私が必死に我慢しているのに。これで少しは私の気持ちが伝わっただろう？　どうせあと二年で結婚だ。このくらい問題ないな」

「な……な……」

ルーファス様が壮絶な色気を放ちながら、私の唇をもう一度舌で舐め上げた。

「甘いね。ピアは」

波乱の新年度の幕開けだと身構えたが、驚くほどに穏やかなものになった。これまで同様に、自分の研究のかたわら研究棟の先輩方や教授と情報の交換をし、アカデミーの授業で教養を学んだ。

私は全くキャロラインを見かけなかった。常にマイクが先導して歩いてくれて、たまに遠回りする時もあったので、事前に回避してくれているのだろう。手のかかる婚約者で申し訳ない。マイクはじめルーファス様の部下の皆様は、女子学生一人とも対峙できない私を、なんと弱虫なと呆れているに違いない。事実だ。しょうがない。

ルーファス様はもう宰相閣下の片腕として働いている。堂々と仕事をするために、昨年、国家公務員の一種？　のような試験にパスし、宰相補佐という肩書きを得て、国政に携わっている。つまり、どちらかと言うとアカデミーが片手間だ。

そういう事情でアカデミーを休みがちなルーファス様も、今のところキャロラインと顔を合わせていないとのことで、少しホッとしている。

しかし、私の大好きな、たった一人の親友エリンは日に日に元気がなくなっていった。

「ピア、ごめんね。ピアの神聖な研究室に押しかけて。ここならば嫌な光景を見なくて済むもの……」

私とエリンは呼び捨てし合い、気さくに話せる仲になった。そんな大事な親友が頭を悩ませている。私は鎮静効果のあるハーブティーを淹れて、エリンの隣に座った。

「ありがとう。実はね、ピアは研究のためにここに籠りがちだから知らないと思うけれど、二カ月前、編入生が来たの。なんというか不思議な……ピア相手に言葉を飾ってもしょうがないわね。とにかくおかしな令嬢なのよ」

私はとっさに身構えた。エリンに気づかれていないのを確かめて、力を抜く。

「とにかく高位貴族や、各方面で優秀な男性に、好機と見るや突撃して、親しげにふるまうの」

「親しげって？」

「敬称抜きで男性を呼ぶのよ？　相手の許しもないのにペットのように！　信じられ

る？　このアカデミーで一番高位の女性であるアメリア様すらそんなことなさらないわ！

そして、何かにつけベタベタと触るの。その男性に婚約者がいようがいまいがお構いなし。

ありえないわ！　でもね、何が許せないって……ヘンリーがそんな彼女に鼻の下を伸ばしているところよ……」

あの、エリンをいつも太陽のような明るさで包んでいたヘンリー様が⁉

心を静めて、確認する。

「どちらの方なの？」

「キャロライン・ラムゼー男爵令嬢。市井で育ち、最近見つかって男爵家に入ったのですって」

やはり……キャロライン。私の知らないところで、既に〈マジキャロ〉の世界は動き出し、彼女のゲームはスタートしていたのだ。

「その庶民育ちの無邪気さを前面に押し出して、良家の子弟を籠絡しているように見えるわ。あざとくて吐き気がする！　もう二カ月も経ったのよ？　バカでなければ貴族社会のタブーくらい学べるはず！」

エリンが吐き捨てるように言い、私を見て力なく笑った。

「ピア、こんな悪口を言う私に幻滅した？」

「まさか！」

私はエリンの隣に座り、エリンの震える手を両手で包み込む。

「私、ヘンリー様にどういうお考えか聞いてみようかしら？」

エリンが苦しんでいるのをただ見ていることなど、到底できない。エリンは私と同じ悪役令嬢だけど、人の嫌がることなど絶対にしない、心の優しい……親友だもの。ルーファス様が私を守ってくれるように、私もエリンを守りたい！　なんとか力になりたい！

それにはヘンリー様の正確な状況を知る必要がある。キャロラインに本当に攻略をしかけられているのか？　どの程度の攻略進度なのか確認したい。私も動かなければ。

この一年、何度もヘンリー様とお話しする機会があった。エリンと結婚する未来をあっけらかんと話し、『長い付き合いになりそうだな、よろしくな』と私に笑いかけてくれた。エリンを見る目は、俺の婚約者は強くて可愛いぞ！　と語っているように見えた。

ヘンリー様、本当に心変わりしてしまったの？　あなたは誰よりも、エリンが母親の影響で不誠実な行為を憎んでいることを知っているはずなのに。

それにしても、ヒロインは最も攻略しやすいという噂だったヘンリールートに入ったのだろうか……。

「でもね、ヘンリーとキャロラインが相思相愛ならば、私、身を引こうと思ったのよ」

「エリン……」

なんて気高い……ヘンリー様の幸せを一番に願っている。自分がこんなに傷ついているのに。俗な私には到底できない。

「ところがさっきも言ったけど、あの女、いい男と見れば手当たり次第、粉をかけてるの！」

そう言ってエリンがカラ笑いした。

ヘンリー様といい雰囲気になりながらも他の男性にも声をかけている？……そうだ、このゲームはヒロイン至上主義。ヒロインは最終的には一人を選ぶものの、みんなと仲良くなりたい博愛主義者。他の攻略対象に同時に手を出してもなんの問題もない。みんなともっと仲良くなるだけだ。

「……たとえば、誰に言い寄っているの？」

エリンが涙で藍色の瞳を揺らしながら、ため息をつく。

「まず一つ下のジェレミー様でしょう。そして算術のガイ先生！　先生にまで手を出すなんて信じられる？　そしてなんと恐れ多くもフィリップ殿下なの！　今のところアメリア様は相手にしていないけれど……そのあたりがやっぱりおかしいと思わない？　婚約者のいる相手と親しくするだけでも非常識なのに、王の決めた、国家の未来そのものとも言える婚約をないがしろにしているのよ？」

エリンから名を聞いて、〈マジキャロ〉のキャロラインを取り囲む五人の美男子の画像と名前が脳裏に一気に浮かんだ。

アージュベール王国王太子　フィリップ殿下。
騎士団長コックス伯爵嫡男　ヘンリー。
医療師団長ローレン子爵嫡男　ジェレミー。
王立アカデミー算術教師　ガイ。
そして、宰相スタン侯爵嫡男ルーファス様。

エリンが挙げた四人はもれなく〈マジキャロ〉攻略対象者だった。便宜上一人を選ぶにしても、キャロラインは全員の好感度MAXのハッピーエンドにしないと気が済まない人？　それともただの八方美人？

その陰で、悲しむ人間がいることなど、一顧だにもしないのだろうか？　この世界はゲームではなくて現実なのに。

「ピア、私しばらく領地に戻るわ。ちょっと……ヘンリーと距離を置くことにする。父も珍しく休学することを反対しなかったの」

涙をこらえるエリンをたまらずぎゅっと抱きしめる。

日頃の仲は良好とは言い難いようだけれど、侯爵様も、娘の憔悴ぶりを心配されたのだろう。

少し王都から離れることは……いいことかもしれない。もしヒロインがヘンリールートを選んだとしたら、ヒロインの敵役として矢面に立たされるばかりか、ゲームの強制力が働いてエリンが悪役令嬢として動かざるを得なくなってしまうかもしれない。

「わかった。でも寂しい。私、エリンの他に友達いないもの。お手紙を送ってもいい？」

「ピアってばルーファス様がいらっしゃるくせに何言ってるの⁉　……でも、ありがとう。私もピアの好きそうな、うちの領のお菓子を送るわ。論文を書きながら食べてね」

「そうだ！　夏季休暇はスタン領に来ない？　一緒に化石を見つけましょう！　時間が経つのを忘れて夢中になれるわ！」

「は？　ピアバカなの？　邪魔したらルーファス様に殺されるじゃないの！　でも、例年どおり夏はスタン領に滞在する予定なのね？　最近特にルーファス様はお忙しそうだからなかなか会えないでしょう？　私は離れるし、一緒に過ごすと聞いてホッとしたわ」

エリンが顔を上げて、私を何か眩しいものであるかのように目を細めて見た。

「ピアもくれぐれも気をつけてね。……私たちの二の舞にならないように」

エリンに深い意味はないのだろうけれど、ゾクッと震えた。

かけがえのない親友エリンは切なそうに笑って、王都を去った。

エリンが領地に戻って数日後の昼休み、私はどうしても自分の目で確かめたくて、ようやく食堂へ続く渡り廊下でヘンリー様を捕まえた。

「ヘンリー様！」

「え？　珍しいな、ピアちゃんから声をかけられるなんて。元気？」

彼は一応立ち止まってくれた。私には今のところ敵対心はないようだ。

「ええと、元気にしております。あの、今日はお昼休みの鍛錬はなさらないのですか？」

「は？　ピアちゃんには関係ないだろ？　ひょっとしてあいつの差し金？　ほんと嫌になるな。剣に自信があるからってひけらかして……キャロラインのように女らしくしてろっての！」

……何を言っているの？　エリンは剣の腕をひけらかしてなどいない。確かに私も初めは、体格の良さも相まって、彼女を剣至上主義の脳筋だと思っていた。

でも付き合ううちにわかった。武のコックス家の立派な夫人になるために、騎士団長のコックス伯爵とヘンリー様に気に入られるために努力しているだけだと。

特に武術が好きなわけでも素質があるわけでもない。エリンは薄いブルーの糸を使った小花模様のレース編みが大好きな、普通の女の子だ。

ただ、ヘンリー様が好きだから、ヘンリー様と同じ空間にいたいから、共有する時間が多いほうが親密になれるから、努力してきただけ。手に何度も豆を作って、それが破れて、あんな硬(かた)い手のひらになるまで……。

「そうそう、もう弁当もいらないって伝えといて。俺、最近食堂で約束してるし」

ヘンリー様はご存じなのだろうか？　最近ハムとチーズのサンドイッチだけはエリンが作っていたことを。私がアスリートにはたんぱく質が必要だと言ったから。何よりヘンリー様がそれを好きだと言ったから。おそらくゲームの補正で料理下手な私たちには、切って挟(はさ)むというそれだけの作業も一苦労なんだよ？　というか、エリンが王都を離れたことも気づいていない？

「じゃあな！」

「お、お待ちください！　話を聞いて！　エリンはただヘンリー様を……」

私がヘンリー様に駆け寄ろうとしたら、マイクが私の前に立ちふさがった。

マイクの仕事の一つは、私とキャロラインを会わせないこと。つまり、ヘンリー様の行く先には、彼女がいるのだ。

ヘンリー様に伸ばした右手をだらりと落とし、地面を見つめた。エリンの言動を信じられず、悪口を言うほどに、キャロラインによる攻略が進んでいたなんて……。

「マイク……大事な友達のために……なんの役にも立たない私の……どこが天才なの？」

マイクは困ったように微笑(びしょう)した。

「ピア様……次は美術史の授業です。お好きでしょう？　さあ、三階に参りましょう」

小さく頷いて、私はとぼとぼと校舎に戻った。

前世とは手法の全く違う描き方をされた名画を見ながら説明を受ける美術史は、毎週楽しみなのだけれど、今日は気持ちが盛り上がらない。一番後ろの窓際の席から外を眺める。

夏が近づき、葉が生い茂った木々をぼんやり見つめていると、下から声が聞こえてきた。

見下ろせば枝の隙間から人影が見える。二人？　薄紫の髪の男性と、ブロンドの女性。

あの髪型は〈マジキャロ〉で何度も見たヒロインと、攻略対象者の一人、ジェレミー様ではないの？　一気に鼓動が早くなる。思わず姿勢を低くして、覗き込むように下を見る。

「……みんな私に父のようになれ、頑張れ頑張れ頑張れと……」

「ジェレミーはもう十分頑張ってるわ！　お父様とあなたは違う人間よ？　お父様のようになる必要などないの」

女性というよりも女の子らしい高く華やかな声。ゲームそのままだ。貴族女性は高位になればなるほど落ち着いた風格を出すために、できるだけ低い声を出すように躾けられる。この真逆な感じが男性のハートをくすぐるのだろうか？

「……そうか。君の言葉は胸に沁みる。ありがとうキャロライン！」

「ふふ、どういたしまして。元気が出たようでよかった。ねえジェレミー、あなたには息抜きが必要だわ。週末ちょっと遠出しない？」

「いや、週末は医療奉仕のスケジュールが詰まっていて……」

「ほら！　だからこそ息抜きが必要なの！　ね？」

「まいったな、キャロラインには。あ、もう講義が始まってるよ？　じゃあまたあとで！」

「頑張りすぎないでね〜！」

笑い声と共に、ジェレミー様は走り去った。

「……これで〈木漏れ日の下で〉のイベントクリアよね。次は先生にも会っておくか……確かこの時間、講義は空きで準備室……」

キャロラインも迷いのない歩みで、ジェレミー様と別の方角に消えた。

ジェレミー・ローレン子爵令息、父親は神の手を持つと言われる医療師団長。ゲーム〈マジキャロ〉のジェレミールートは、親が優秀すぎることと、過大な期待に押し潰されそうになったジェレミーをキャロラインが癒す、という内容だったと思う。最終的には親を超える医療師になって、めでたしめでたし。一つ年下の甘えん坊枠だ。

「ならば、医療奉仕をさぼっちゃダメでしょ」

授業中だというのに、つい小さく声が出た。慌てて口を覆う。

医療奉仕とは貧しく医療を受ける機会のない人々のために、国が月に一度各地で行う無料診療だ。今の国王陛下が『国民の健康こそが強い国を作る』と制定した大事な行事で、医療を知らない王族もその日は率先して参加して、カルテを書いたり、薬を運んだり自分にできることをする。国民に最も人気があり、支持されている施策の一つなのだ。

そんな奉仕活動に、半人前の立場で不参加となれば、ジェレミー様の成長を妨げるばかりか将来に傷がつくのに。

〈マジキャロ〉は恋に堕とすゲームであって、人生を堕落させるゲームではないわ。

「……って、あれ？　そういえばさっきキャロラインってば『イベントクリア』って言ってなかった？」

さらには、次は先生に会うと呟いていた。きっとガイ・ニコルソン……算術教師でニコルソン侯爵の実弟のことだ。

——どうして攻略対象者の居場所がわかるのか？　先ほどのヘンリー様の食堂も、体育会系でよく食べるヘンリーの出没エリアだと決まっていた？　『イベントクリア』なんて言葉、この世界にないよね？　〈木漏れ日の下で〉ってゲームの中のイベント名だよね？

「もしかして……キャロラインも〈マジキャロ〉ユーザー？　つまり、転生者ってこと？　嘘でしょ……」

そう気がついて背筋がぶるっと震えた。彼女が転生者だとしたら、現状は〈マジキャロ〉のシナリオを全てわかったうえで、それを完璧になぞり、行動しているということになる。

でも、この世界はゲームそっくりだけれども、ゲームで描かれていないこともいっぱいある。ゲームの最後のハッピーエンドという文字が実際には何を表すのか、誰も知らない。

たとえ王妃エンドを迎えたとしても、そのあとまで幸せだと確信できる？

彼女は単純にゲームの世界だと割り切って、楽しく攻略ごっこをしているの？　仮に王太子ルートを選んだとしたら、逆ハーを満喫しながら王妃になりたいってだけ？　転生者であれば、為政者の妻なんて楽な道ではないことがわかるはず……彼女の思惑は何？　さっぱりわからない。

ただ一つわかることは……キャロラインがルーファス様の攻略に手を付けるのも、時間の問題ということ。

ガダガタと音がして我に返ると、周囲の皆が席を立ち廊下に向かっていた。いつの間にか講義は終わっていたようだ。入り口でマイクも待っている。

私は重苦しい思いを抱えながら机の上を片付け、マイクと共に研究室へ戻った。

家に戻るとなんの気力もなくなって、部屋着に着替えて、コロンとソファーに横たわった。今日の出来事を思い返す。
ヘンリー様、キャロライン、そしてエリン。

キャロラインが転生者であるならば、私の国外追放の可能性はさらに高まったように思う。だって彼女は攻略のための〈選択肢〉を決して間違えないはずだ。イレギュラーな要素はルーファス様だけ。ルーファス様は予備知識があり、警戒しているから。

しかし、いくらルーファス様が気をつけているといっても、ヒロインが転生者ならば話は別だ。もしかしたらゲームどおりの展開へ持っていくために、強引な手を使ってくるかもしれない。ヒロインだけが持つ、裏技的なものを隠し持っているかも……。

もちろん大好きなルーファス様には彼女に落ちてほしくない。でも……心構えはしておいたほうがいいだろう。遠い国で一人で生きていく力を、早急にいよいよ本気で身につけなければ。

「現在の貯金は三百万ゴールド……全く足りないわ……」

もしもシナリオどおり、悪役令嬢役全員が国外追放になったら、エリンと一緒に生きていこうかしら？　二人ならば、最初は辛くともいずれ楽しくやれるかも。

いや、エリンはそんなことを望んでいない。エリンの幸せは、ヘンリー様と共にある。たとえ私が運命から逃げられなくても、エリンにはなんとかヘンリー様と結婚させてあげられないだろうか？　だって、間違いなくヘンリー様はエリンのことが好きだったもの。男はすぐに心変わりするものだと前世で痛感しているものの、あの真っすぐなヘンリー様は違う気がする。違うと信じたい！

何か、私にできること……。

そう思っていた矢先にドアがノックされた。いつの間にかあたりは薄暗くなっている。

「サラ？」

「ピア様、ルーファス様がお見えです」

え？　と思った時にはドアが開き、ずかずかとルーファス様が入ってきた。サラは当たり前のようにそれを許し、ドアの脇に控える。

ルーファス様は相変わらず隙のないビシッとした黒のスーツ姿で、ソファーに慌てて腰かけた私の足元に跪き、私の手を取って心配そうに視線を合わせた。

「ピア？　具合が悪いの？　ヘンリーの態度に気落ちして、真っ青な顔で言葉少なに家に帰ったと聞いた」

ああ、マイクから私の様子を聞いて、放っておかれるルーファス様ではない。大失敗だ。お忙しいこの人を煩わせてしまうとは。

「ルーファス様、心配をおかけして申し訳ありません。ただ研究に気が乗らなかっただけで元気です。ご安心ください」

「……元気なんだね？」

「はい」

私はどうにか笑ってみせた。

「じゃあ、デートしよう。ピア、私のためにおしゃれしてくれる？　サラ、支度を手伝って！」

「かしこまりました」

「……え？」

あれよあれよという間に、私は落ち着いた若草色の、レースをふんだんに重ねてあるドレスを着せられ、髪を頭の高い位置に結い上げられた。

軽く化粧も施され、仕上げにルーファス様から借りっぱなしのエメラルドのネックレスをかけられて、ルーファス様に引き渡される。

ルーファス様が自身の顎に手をやって、私を上から下まで見分する。

「……うん、若木の妖精のようでとっても綺麗だ。ごめんね、私に甲斐性がなく、なかなかピアをドレスアップさせられなくて。さあ行こう。あ、メガネは今日は必要だからかけてね。サラ、夜のデートだから帰りは遅いけれど、日付が変わる前にはきちんと戻りますとお義母上に伝えておいて」

「かしこまりました。ルーファス様……ピア様を元気にしてくださいませ」

ルーファス様は私と手を繋ぎ、玄関を出る。そして待ち構えていた馬車に押し込まれた。手を繋いだまま当たり前のように隣に座ると、馬車が走り出す。

「さっきの反省は本当だ。ピアに元気になってもらうにはどうしようかと考えていたら、父に『たまにはデートしてこい』と言われて、『そういえば王都では一緒に出歩いたことがない』と言うと、怒られた。執務室を追い出されたよ」

「デートなんて……特別なことなどしなくても、研究室で一緒にお茶を飲むだけで楽しいです」

そんな時間もいずれなくなるのかという思いが頭をよぎり、少し俯く。先ほどのキャロライン転生者疑惑はルーファス様にも伝えたほうがいいだろうか？　彼女も予言を知る存在であると。でも確証はないし、もっと頭がクリアな時に相談しよう。今日はもう……頭がパンクしそうだ。

目を閉じて、ひとまず不安を遠ざけようとすると、肩をぐっと抱かれ、頬にキスされた。

「あ……」

「ピア、今夜のデート相手は私だ。私を見て、私のことだけ考えて？」

顔に血が集まるのがわかる。もちろん、もう、ルーファス様のことしか考えられない。

コクコクと頷くと、ルーファス様はにっこり笑って私をぎゅっと抱きしめた。

連れてこられた先は王立劇場だった。夜というのに煌々とライトアップされ、着飾った人々で溢れかえり、昼よりもまばゆい。度肝を抜かれた。私が怖気づいていると、ルーファス様が私の手を自分の肘にかけさせて、ゆったりと歩き出す。

「今日の演目は人気の喜劇だ。わがままな客の要望にやけくそで答える理髪師がやがて立身出世する話らしい」

「……なんですかそれ？」

「私も初めてだ。くだらなくて、得るものなどないけれど、頭を空っぽにして楽しんで来いと母が勧めてくれた」

「まあ、お義母様のチケットを譲っていただいたのですか？」

「いや？　スタン侯爵家はシーズンで席を取っているんだ。社交上の付き合いだよ」

劇場の正面には大規模なしかけの噴水があり、水があちこちから いろんな高さに弾け飛び妖精のように踊っている。それを見てフッと、〈マジキャロ〉のメインルートのイベントがここでも発生することを思い出した。


キャロラインは今評判の劇を見たくてしょうがないが、チケットは高額のため手に入らない。せめて漏れ出る音楽だけでも楽しもうと、劇場前の噴水に一人腰かけ佇んでいると、上演時刻に公務で遅刻した王太子が現れる。

王太子はキャロラインの事情を聞き、なんだ、そんなことかと笑って、

『お姫様、お手をどうぞ』

と、優雅にエスコートしてロイヤルボックスに連れていき、夢のような時間を過ごす。

それをあとから聞いたアメリアは、『婚約者でもないのに暗闇のボックスで二人きりなどありえない！』と怒り、善意の行為をけなされた王太子はますますアメリアから心が離れ、無邪気に楽しんでくれたキャロラインに心を寄せるようになる。

私は慌てて噴水全体を見渡した。

いた！　噴水を挟んで向こう側に、キャロラインがひとりぼっちで噴水のふちのブロックに座っている。きょろきょろと視線を巡らせているのは、もしかしてフィリップ殿下を探している……？

「ピア？　どうした？」

ルーファス様が私の正面に回り目を合わせる。

ああ、ルーファス様とキャロラインが出会ってしまう!!　いわゆるゲームの強制力っていうやつで、ルーファス様が彼女を見た瞬間恋に落ちてしまったらどうしよう!?　そうよ、私だってルーファス様と一緒にいるところを見られたら、ルーファスルートのモブ悪役令嬢である私の顔が割れてしまう！　どうすればいいの!?

何も言えずにいる私の視線をルーファス様は辿る。そして目を見開いた。

「なぜあの女がここに！　私がピアとの今日の予定を決めたのはついさっきだぞ？　ピア、いろいろと考えすぎているようだから、『はい』か『いいえ』で答えてくれ。あの女がここにいることを知っていたの？」

「いっ、いいえ」

「ここにいることに……気がついたのは例の予言のせい？」

「……はい」

私の知らないうちに、ルーファス様はキャロラインの顔を知っていたみたいだ。混乱し一歩後ろに下がると、ルーファス様が私の腰をぐっと引きとめ、背中を優しくさすった。

「ピア、私はあの女と顔を合わせたことも、会話したこともない。ただターゲットを知る必要はあるから、絵姿や特徴は覚えた。それだけだ。安心して」

その答えに少しほっとするも、緊張を解けずにいると、

「とにかくあの女の目に入る前に、中へ入ろう。マイク！」

ルーファス様がマイクを呼んだ。

「あの女を見張っていろ。もし我々に気がついたら教えてくれ」

「はっ！」

マイクが消えると同時に、ルーファス様はキャロラインを私に見せないように体でかばいつつ劇場内に導いてくれる。

早足で、この劇場の象徴のような緋色の広い階段を上りながら尋ねた。

「ルーファス様は……あの……彼女を見て何かビビビッと感じたりしませんでしたか？

その……一目ぼ……」

「何もない。私の心を揺さぶるのは、昔も今も、これから先もピアだけだ。信じられないか？」

「信じております！　ただ……ルーファス様の目に、美しい彼女を映すのが怖いという……器の小さな女の……やきもちのようなものです」

つい唇を噛みしめる。すると腰に回された手に力が入り、さらに引き寄せられた。距離がゼロになり、耳元で熱っぽく囁かれる。

「だとしたら……嬉しいことこのうえないね」

ひとたび上演が始まったら、席を立つことはできないはずだ。私は気持ちを落ち着けるために、ルーファス様に断りをいれて、お手洗いに行く。

冷たい水で手を洗い、鏡を見ると、キャロラインとニアミスした動揺のためか、エリンとヘンリー様のことを考えすぎたからか、単なる寝不足か、真っ青な顔の私がいる。せっかくルーファス様が連れてきてくださったというのに。

私は頬っぺたをエイっとつねって赤みを出し、サラが持たせてくれた薄紅色のリップを塗った。少しだけマシな顔になったと思う。

お手洗いを出ると、先ほど別れた場所にルーファス様がいない。周囲を見渡すと、髪が真っ白な年配の男性と話しているのが見えた。よかったメガネをかけてきて。これほどの人混み、メガネがなければ絶対に探せなかった。

ルーファス様と目が合う。それでもこちらに来られないということは、むげにできない相手なのだろう。開演前のこの時間は知り合いの貴族と情報交換する社交の時間。

私は小さく頷いて、柱のそばに身を寄せた。吹き抜けのホールを二階から見下ろすと、華やかな衣装を着て、凝った髪型の女性たちが大勢いて、なかなか艶やかな眺めだ。黄色や金色のドレスのご婦人が多い。先ほどのキャロラインもそうだった。この劇場に来る時のローカルルールなのか、単に今季の流行なのか。

そんなことを考えていると、肩をそっと叩かれた。ルーファス様が戻られたのだと思い、微笑んで振り向くと、見知らぬ男性が立っていた。その人は徐々に頰を赤らめ、ゆっくりと真っ白な手袋をした右手で口元を覆った。

「あ……あの、何か？」

席の場所でも聞きたいのだろうか？　私は首をちょっと傾げる。

「……いえ、美しいレディ、お一人ですか」

ああ、迷子と思って心配してくれたのね。私はにっこり笑った。

「ご心配ありがとうございます。ちゃんと連れがおりますのでご安心ください」

きちんと頭を下げて、体を起こすとなぜか彼は距離を詰めていた。背が高い。ルーファス様と同じくらいかしら？　濃い金髪はクルクルとカールしていて、水色の瞳は少し冷たく見える。仕立てのいいグレーのスーツを着慣れている様子からちょっと年上？　二十歳前後ってところかしら？

「……あなたのような方を一人にするなんて、信じられない。そんな男は放っておいて、私と楽しく過ごしませんか？　ああ、ひょっとしてご家族と来ているのかな？　これほど手の込んだドレス。そして、この国では手に入らない純度の高いガラスを使ったメガネ。伯爵家以上のご令嬢とお見受けしました。レディ、お名前をいただけますか？」

扇子とバッグを手にしていない左手を取られて、指先にキスをされた。ぞわっと怖気が走る。

「ふふ、これしきのことで震えてしまうなんて、初々しい」

ま、まさかこの人、前世で言う女たらし？　なぜ私がターゲットに選ばれた？　前世現世共にナンパ経験値ゼロのため対処できない。カチコチに固まった。

「可愛いひと、とりあえずカウンターに行こう。甘いドリンクをご馳走させて？」

腕を引かれ、足がもつれそうになる。

すると、パシンと彼の手が払われて、ふらつく私の腰が馴染みの大きな腕にグイっと引き寄せられた。

「私の婚約者に、馴れ馴れしい真似をしないでくれるかな？　ベアード伯爵令息」

ルーファス様、ようやく歓談が終わったんだ。よかった。力が抜ける。

「スタン！　……宰相補佐。ごきげんよう。そうか……彼女が幻の……才能があるばかりか、ここまでたおやかで愛らしい女性とは……」

その男は一瞬で印象をガラリと変えた。私への優男ぶりはなりを潜めて、ルーファス様を目を細めて睨みつける。

「婚約者と言いつつも、指輪すら嵌めていない。まだピア嬢の気持ちは固まっていないんじゃないかな？」

自己紹介していないのに、身元がばれた！

「彼女の胸元を見るがいい。我々の婚約は国に届け出た正式なもの。久しぶりの楽しいデートを邪魔しないでくれるかな？　無粋だよ？」

ルーファス様はそう言ったあと、流れるように、私の前髪を上げて額にキスをした。ここで？　衆人環視の中で⁉　一気に頭に血が上る！　恥ずかしくて思わずルーファス様の胸に顔を埋める。

「……ああ、既に家宝を身につけさせていると。まあしかし婚約の間は何が起こるかわからないよね。おっと、時間のようだ。ではピア嬢、またね」

そっと顔を上げると、彼は私ににっこり笑いかけて長い脚で優雅に歩き、客席に消えた。

「ルーファス様、あの方は一体？」

「マリウス・ベアード伯爵令息。よりによってあいつに関心を寄せられるとは……マイクをキャロラインに付けた隙に……ピア、一人にしてごめん。怖かっただろう？」

「びっくりして……何がなんだか……」

「さあ、我々も席に行こう」


ぴったりと腰を抱えられたまま連れてこられたのは三階の右袖のボックス席。後ろには専任のウエイターもいて、ルーファス様が適当に飲み物を頼む。やがてルーファス様には琥珀色の、私には桃色の小さなグラスがやってきた。

「じゃあ、ピアとの初デートに乾杯！」

ルーファス様ってば初デートなことをそんなに気にしなくていいのに。私はくすっと笑ってグラスを合わせて一口飲んだ。グレープフルーツのような爽やかな味で美味しい。

「昼間はどうしても政務があるから時間が取れない。でも、今日のようにピアが午後ゆっくりしている日であれば、これからはこのように夜デートできるね」

「ゆっくりというか、学会の論文の締切が迫っているのにさぼっちゃったんですけれど？」

「構わないだろ？　日頃真面目に働いているし、そもそもピアの学問を縛れる者などこの世界にはいない。ん、マイク、戻ったか？」

ルーファス様の足元に、マイクが跪いていた。

「あのあと、キャロラインのもとに王太子殿下がやってこられて、二、三言葉を交わし、劇場内に入られました。今はロイヤルシートに一緒にかけておられます」

やはり王太子殿下とのイベント……そつなくこなしているようだ。正しい場所でわかりやすく待っていたあの様子を見るに、やはり彼女は転生者だろう。ただもう一つ決め手に欠ける。

ルーファス様は優雅に足を組んだ。

「へーえ。殿下がねえ……婚約者のアメリア嬢は？」

「姿はありません」

「こんな恋愛喜劇を見に、お一人でいらっしゃるなんて何を考えているのやら」

劇場は婚約者、恋人同士の絶好のデートスポットだ。そこに一人で来るということは、誰かパートナーを探しているのも同然とみなされる。劇場に足を運んだことは初めてだけれども、そのくらいの常識は知っている。それもあって私は先ほどマリウス様に声をかけられてしまったのだ。出会いを求めていると勘違いされて。

演目が悲劇や戦争ものなどもっと硬派なものであれば、一人での観劇もまだ理解できるけれど。アメリア様に今夜のことが耳に入れば……。

ちょっと待って？　キャロラインは結局シナリオどおり劇場内にいるのよね？

私ははしたなくもガタッと音をたてて立ち上がった。

「ルーファス様、私、帰ります。彼女と会う心の準備など……」

「待て、ピア。ロイヤルボックスは二階、ここの真下だ。そうだろマイク？　だから彼らには見つからない。帰りも三階から直接外に下りればいい。このままマイクにも見張らせる。なんの心配もいらないよ？　完全にプライベートだから殿下に挨拶に行く必要もない。せっかくだから気持ちを切り替えて初デートを楽しもう？　頼むよ」

ルーファス様に頼むと言われて、断れるわけがない。私はおずおずと腰を下ろし、ボックスを仕切るカーテンの陰に隠れた。隅からでも十分にステージは見える。メガネをしているから大道具小道具の細部まで……そういえば、

「あの、ルーファス様にプレゼントしていただいたこの鼈甲のメガネ、実は相当高価なものだったのですか？」

「さあ、どうだったかな？」

マイクが再び消えると照明が落ち、楽団が演奏を開始した。

私は前世から遊ぶことが不得手だ。観劇など初めてで、何もかも目新しくあっちこっちに視線が奪われる。オーケストラの軽快なバイオリンパートを見つめていたら、主人公らしいぽっちゃり体型のおじさん役者が舞台に登場し、歌いだした。とんでもない声量だ。

あっという間に気持ちが舞台に持っていかれると、ルーファス様に抱き上げられ、背中から抱きしめられた。

「る、ルーファス様？」

「そんな端っこに隠れているなんてもったいない。暗いから誰にも見えないさ。安心してピアは正面を見ていていいよ。……私はピアを見てるから」

物語が気になってしょうがなくて、おっしゃるように大丈夫なことにして、私は気持ちを舞台に戻した。ルーファス様はクスクス笑いながら、私の頭や耳にキスをする。

「集中できません！」

小声で抗議する。

「ふふっ！　ごめんごめん」

謝罪は口先だけで、結局二時間あまりの上演中、ずっとルーファス様は私にちょっかいを出し続けた。

恥ずかしさを紛らわすためにごくごくとジュースを飲んでいたら、だんだん頭がふわふわして、キスされることもキャロラインのことも気にならなくなっていった。

やがて、わーっとキャストが舞台上に集まり、大団円。オーケストラが大音響でハッピーエンドを盛り上げる。多くの観客が立ち上がり拍手を役者に送る。

楽しかった。圧倒された。めったにない興奮のためか頭がボーッとしているけれど、拍手をしながら体をよじり、ルーファス様を見上げる。

「ピア、面白かった？」

「はい！　展開が早くてあっという間でした」

「ピア……その上気した表情……まさかこれしきのカクテルで酔ったのか？」

「え？　カクテル？　ううん、酔ってなどいませんよ？」

「酔っ払いに限ってそう言うんだ。まあいい。あやうくあれやこれやに水を差されそうになったが、少しは気持ちが晴れたならよかった」

……なんでもご存じだ。私はポフンとルーファス様に寄りかかった。なぜか口が軽くなり、つい心情を吐いてしまう。

「大好きなエリンに会えなくなりました。ヘンリーのアホのせいで」

「ヘンリーをアホ呼ばわり。賛同するが、うん、酔ってるな」

「せっかくルーファス様が友情を取りもってくださったのに……ごめんなさい」

「そうか……」

ルーファス様が私の頭をゆるゆると撫でる。気持ちいい。

「あーあ。エリンがいなくなって……寂しいなあ」

おかしいことに、思ったままに口にしてしまう。弱音など聞かせたくないのに。

「……いずれ帰ってくる。ピアの魅力をひとたび知れば、離れられるわけがないのだから。信じて待っていたらいい」

ルーファス様が慰めてくれる。優しい。それにしてもこんなに楽しいお芝居を見たばかりなのに、なぜかどんどん眠くなる……とりあえず今日のお礼を言わなくちゃ。

「ルーファス様、今日はありがとう。キャロラインとも会っちゃうし、実は転生者みたいだし、エリンのことと重なってゼッボーしてたけど、慰めてもらったからとっても元気になりました！」

「……テンセイシャ、って何？」

「ん？　つまりキャロラインもシナリオを知ってるってことれす！」

「シナリオ？　予言のことか？」

「そう。キャロラインも私と同類みたいなの。だから絶対ルーファス様を狙ってる。辛い……でも確信ないからルーファス様にお伝えする段階じゃないの……でも辛い……」

「……あの女も予言者だと？　だから今夜のように先回りに見える行動を取れるのか？

……全くもって気に入らないな。しかし他ならぬピアの言うことだ。今までの倍の警戒態勢を敷き、わずかな事柄も見逃さぬようにして……」

「ルーファス様、怖い顔してどうしたの？　私が重いの？」

「ああ、ごめんね。考え事をしてしまった」

表情を緩めて謝りながら、また私の頭にちゅっ、ちゅってしてる。

「ルーファス様、どうして上演中からずっとチューするの？」

「チュー？　キスのことか？　完全に出来上がってるな……チューって口をとがらせて言

うとか拷問か？ えーとね、私の婚約者がかのロックウェル博士だということは、高位貴族には浸透しつつある。マリウスにも見られたことだし、これ以上隠すのは無理がある。ゆえに牽制だ。ピアが誰のものかわかりやすく知らしめる。あの女にさえ顔を見られなければ、多少派手なことをしても問題ない」

「なーんだ。けんせーか。私のこと好きだからチューするのかと思った」

しょんぼりと肩を落とすと、ルーファス様が息をのみ、吐息のような声で囁く。

「……もちろん好きだよ。好きなんて言葉では足りないほどに。どんな難敵であれピアを傷つける者には容赦しない。私がピアを守るよ。ピアは私のことが好き？」

「もっちろん！ 大大大好きです！」

「ピア……私を殺す気か？ 今日は私が慰めるつもりだったというのに」

「え？」

私は気がつけば、ルーファス様にメガネを奪われ覆い被さられ口から食べられ……違う、本物のキスをされていた。その瞬間なぜか劇場がどよめきで揺れた。

うっとりして目を開けると、ルーファス様のエメラルドの瞳が暗闇でギラギラと光っている。

「ルーファス様、赤ずきんの悪いオオカミみたい」

「あか？ なんだそれは？ ったく、隠さないとは決めたものの、ピアのそんな艶めいた顔、誰にも見せられん。帰るぞ！　君、裏口に案内して！」

「えー！　顔をバカにするなんてひどい～！」

サラがせっかくセットしてくれた頭に、ルーファス様は自分の上着をバサッとかけた。

視界が真っ暗になって焦ると、さっと縦抱っこされて、そのまま劇場をあとにした。

ルーファス様の上着は馴染みの柑橘系の香りがして気持ちが安らかになって……私は馬車に乗るや否や彼の腕の中であっさり眠りに落ちてしまった。

週明け、受講している授業を全て終えて研究室に戻ると、久しぶりにジョニーおじさんがドアの前で待っていた。
中に通して、依頼されていた調査報告書を手渡し、説明する。
「ふむ、いつもどおりの丁寧な仕事だな。ピアありがとう」
「いえ、こちらこそ手つかずの国有地の調査は胸が躍りました。特に未知のメタセコイア属の葉の化石を見つけた時は……アージュベールでは約百万年前に消滅したけれど、まだこの世界のどこか未開の地でひっそりと生き続けているかもしれないと思うとロマンを感じますね。本当に私物の研究材料にしてもよろしいのですか？」

「……メタ？　ああ、化石に意義を見いだせるのはピアだけだから、構わないよ」

そう言って苦笑いするジョニーおじさん。

「そういえば、前回の調査結果を、一応協力者として現場の領主にも見せたら、目の色を変えて興奮しておったぞ？　是非自分の領地に該当する部分だけでも写しが欲しいと言っておったがどうする？」

「おじさまが構わないのであれば……あ、でも二次使用になりますので、スタン侯爵家の許可が必要になります。領主様に窓口は宰相閣下だとお伝えください」

「……レオめ。抜け目のないことよ……」

ぶつぶつ呟くおじさまを脇に見ながら、仕事の話は済んだと判断し、お茶を淹れる。おじさんも勝手知ったる様子で菓子皿にお土産のお菓子を出している。

「次の依頼も出したいのだが、真夏は無理だろう？」

「はい、ちょっと気ぜわしい毎日が続いておりまして……秋には私と同じレベルの測量士が三人は育ちそうなのですが」

おじさんの今日の手土産は、見た目も味も前世で赤ちゃんが美味しそうに食べていた、たまごボーロだ。

「ホロッとして美味しかろう？　王都の淑女たちに大人気らしいぞ」

優しく懐かしい味に私もつい頬が緩む。

「よかった。笑ってくれて。じゃあ大好きな測量……じゃなかった発掘を後回しにするほど、気ぜわしい原因を教えてくれるかい？」

私の沈んだ気持ちをなぜか見破られ、事情を話すように詰め寄られた。私の心配事は国家を揺るがすとか大げさなことを言って圧をかけられたので、即座に吐いた。

固有名詞を出さずに、友人が婚約者を、魅力的な女性に奪われて辛い思いをしていると伝える。

「やがて私の婚約者も狙われるかもしれないと思うと、他人事ではなくて……苦しくて……。先日はその女性、かの王太子殿下とも観劇デートをしていました。それほどに男性を惹きつける何かを持っているのですわ」

「いやピア、ルーファスに限って心配ないと思うぞ？　あれの君への執着は……しかし、あやつはキース侯爵令嬢をさしおいて何をやっておるのだ！　ホワイト侯爵令嬢は既に傷心のあまり王都を出たと？　これは野放しには……」

ジョニーおじさんは眉間に皺を寄せ、慌ただしく帰っていった。

夏季休暇に入るや否や、ルーファス様と共に恒例のスタン領にやってきた。

お義父様も無限に広がる領地での仕事を覚えてこいと、宰相補佐の職を休ませて、気持ちよくルーファス様を送り出してくれたらしい。

そして、想像以上に溜まっていた書類仕事を書斎でやらねばならないルーファス様を置いて、護衛と犬たちと未開拓の山肌に行く。ダガーがワンワンと吠えた場所を採掘すること五日、初めてサメの歯と思われる……とうとう動物の化石を見つけた！

「ダガー！　サイコー！」

ダガーをこねくり回し、それに嫉妬したブラッドたちも全員こねくり回したあと、慎重にたがねで余計な土を削り、ほぼ原型を取り出してうっとりと見つめる。

最初の化石だからずっと手元に置いておきたい気もするけれど、これを売れば……きっとお金になる……と思ったのは私だけの秘密だ。

忙しすぎて一緒に発掘こそ行かないものの、ルーファス様は幼い頃のまま毎朝私に花を摘んでくれて、食事を共にしてくれる。ここ数年すっかり当たり前になった領地での穏やかな日々。

王都に戻る日が近づいたある日、珍しく夕食後に、ルーファス様の部屋に呼び出された。

「ピア、隣に座って。マイク、こっちに持ってきて」

私が三人がけのソファーにいらっしゃるルーファス様の横に座ると、マイクが目の前のテーブルの上に大きな何かを慎重に置いて、覆いを外した。

「きゃっ！」

後ろに控えていたサラが悲鳴をあげる。

それは、小動物用のゲージを細工し、いくつも小部屋ができたものだった。小部屋に一匹ずつ白いネズミが入っている。

「サラ、苦手ならば席を外していいよ。ピア、大丈夫？」

「はい。あの、この子たちは一体……？」

ルーファス様のペットだろうか？

「うん、実はピアに話してなかったけれど、休暇前にキャロライン嬢が私にいよいよ接触してきてねえ。初対面だというのに口調が馴れ馴れしくてイライラしたよ。ピアすら私がやめろと言っても丁寧語を使ってくれるのに」

私のサメの歯好景気は一気に下降した。とうとう、キャロラインに会ったのだ……。

キャロラインがいよいよルーファス様攻略に乗り出した。

両手をぎゅっと握り込み、湧き上がる不安をなんとかごまかしながら、ルーファス様の様子を下から窺うと、口の端を引きつらせ、こめかみをピクピクさせていた。

あ……思い出してイライラしている。これはイカンです……。

ルーファス様は『親しき仲にも礼儀あり』の人で、しかも親しくなるのに数年かかる慎重派だ。私は幼なじみのような婚約者ということで大目に見てもらえているけれど……。

キャロラインも別枠かなあと思ったが違ったようだ。

「で、でも、不躾な言葉遣いすら可愛いと思えるような優れた容姿だと噂で聞きましたが？　私はあの観劇の時のように、遠目にしか見たことがありませんが……」

「それは誰の基準なの？　一般的な美しさで言えばアメリア嬢のほうがよほど目鼻立ちが整っていると思うぞ？　それに、あの本心の見えない目が気にくわない。まあ人のことを言えないが」

「え、ルーファス様の瞳はいつもエメラルドに澄んで輝いています。羨ましいほどに」

不意にルーファス様の頬がピンクに染まった。

「……もう。ありがとうピア。とりあえずこれ、キャロラインの資料。ざっと目を通して」

ルーファス様に一枚の紙を渡された。キャロラインのことを調査されたのか。基本と言えば基本だが。

彼女の生年月日や生い立ちが書かれている。彼女の母であるかつての男爵家の侍女の名前。母親が彼女を生み育てた村。やがて母親と死別して、母親の遺言で父が男爵であることを知り、王都のラムゼー男爵邸を訪ねて父娘の感動の再会。その後の一年で貴族の子女の一般常識を詰め込み、アカデミーに編入、今に至る。

登場時期以外はゲームの設定どおりだ。

しかし、この世界に十七年あまり生きるものとして、疑問が浮かぶ。

まず一つは、たった一年で貴族の一般常識はともかく、アカデミーに編入できる学力が身につくのか？

二つ目は、見たこともない娘と名乗る女が訪ねてきて、すぐさま認知するものだろうか？

「ピア、今考えていることを教えて？」

ルーファス様に促され、私は頭の中を整理しながら言葉にする。

「我が国のアカデミーは入学試験も難しいけれど、編入試験はそれ以上だと聞いています。市井で生活していながら、貴族が何年も家庭教師を雇って学ぶ学問を、どうやってマスターしたのでしょうか」

「編入試験は満点だったよ。入学試験ではあるけれど私ですら数問落としたのに。ピアを超えるほどの才能があるのか、テスト問題がリークされたか、どちらかだろうね。まあ、今のアカデミーでの成績を考えればおのずと正解はわかるのだけれど」

ルーファス様も同じ結論に至っているようで、ひとまず胸を撫で下ろす。

「ラムゼー男爵にはアカデミーに伝手があるということでしょうか」

「親切で有能なお友達がいるのだろう。他には？」

「ラムゼー男爵とキャロラインは似ているのですか？」

「色は全く違うが、まあ死んだ母親似だと言い切られればなんとも言いようがない。そこを疑う？」

「侍女に手を付けた人にしては、あっさり認知しすぎな気がします」

まず正妻やその子どもたちが反対して、ある程度揉めるのが普通ではないだろうか。そして女癖(おんなぐせ)の悪い男なら、手を付けたことも一度や二度ではないだろう。子どもが玄関にやってくるたびに認知しているのだろうか？　キリがないのでは？

子どもを何人も受け入れられるほどお金持ちなのだろうか、と手元の報告書をもう一度見る。男爵領にはめぼしい産業はない。資産も多くない。

なんと、正妻と息子(むすこ)はキャロラインと対面する少し前に病死している。揉めるどころか、寂しくなったので生き別れの娘を迎えましたという口実のような身辺情報……。

「アカデミーに入ってくれる娘が、ちょうどいいタイミングでやってきてよかったね、ってことだよね」

ルーファス様の言葉に、私は思案したのちに頷いた。逆ハーうんぬんは置いといて、親サイドがキャロラインをアカデミーに送り込んだ目的はなんなのだろう。

「ピアと話すと漠然(ばくぜん)としていた問題点がくっきり浮かび上がって助かるよ。ひとまず話を戻すよ？」

私は視線を手元のペーパーからルーファス様に戻した。

「それでね、彼女は相手がおとなしく耳を傾けるのが当たり前のように、こちらの都合を無視してペラペラ喋るんだ。我慢して聞いていれば、『ルーファスの婚約者ってどなた？　誰に聞いても知らないって言うけど、社交性のない婚約者って、ルーファスの婚約者としては失格だと思います！　私がなんとかしましょうか？』と言われたよ。早速、会ってもいないピアが標的にされてヒヤリとした。その不自然さでますますピアの予言の信憑性が増したよ。事前に私の周囲の者にピアについて話すことを禁じておいてよかった」

転生者であろう彼女は、ゲームで私の顔も名前も出てこなかったから、ルーファスルートの悪役令嬢がどの女かわからなくて困っている？

それにしても、ルーファス様、私のこと箝口令を敷いていたのか。

エリンも私と同じモブ悪役令嬢だ。きっとヘンリー様がさらっと婚約者の身元をばらして、早々に攻撃対象認定されたのだろう。直接的な被害に遭う前にエリンが避難してくれてよかった。

「『私は偏狭な男だから、婚約者をひとり占めしている。お前ごときに彼女のことを教えるつもりはない』と言ったら、『あれ？　ただの政略で決まった冷めた仲のはずなのに……ルーファスルートやっぱりバグってる？』とか奇妙なことを口走り、私もあの女が危険であると思った。ピアがあの女に怯える理由がよくわかった」

そしてルーファス様、キャロラインを危険物認定……。確かに彼女の立場から見ればバグっている。

「しまいには、『宰相様がご病気の間、お仕事を手伝われていたのでしょう？　尊敬致しいたます！』だってさ！」

「っ！」

両手で口を覆い、悲鳴をなんとかあげなかったことを、誰か褒ほめてほしい！

宰相閣下であるお義父様は今でこそお元気になられたが、昨年倒たおれた時は本当に心配した。しかし、お義父様が病気だったことは、国家機密である。当時ももちろん今も。

切れ者で国の大黒柱たる宰相が病気なんて知られたら、国内の勢力争いが起こるだけでなく、他国からも付け込まれるおそれがある。

お義父様の病気のことを知っているのはスタン家の者以外は国王陛下と、宰相室の直属の部下二名だけだったはず。うちの両親、ロックウェル伯爵家すら知らされていない。私が知っているのは侯爵邸に出入りし、数回泊とまって看病のお手伝いをしたからだ。たまにはお義母様にも休みが必要だったもの。

「一体どうして……」

「ふふふ、どこで漏れたのか、今、調べさせている。さらには『宰相のお仕事は、国を任されているんですもの。大変ですよね』とか言うものだから『宰相の仕事の何が大変か言ってみて？』と聞いたら、『……なんとなく』だってさ」

うわぁ……ルーファス様は『知ったかぶり』も大嫌いだ。潔く『知りません、ごめんなさい！』と言ったほうが、優しく一から教えてくれるのに……。

キャロラインってば攻略どころか、次々とルーファス様の地雷をぶち抜いている。逆に心配になるレベルだわ……。

「それでね、『と、とにかくお疲れが取れますように』と言ってこれを渡してきたんだ」

可愛くラッピングをされた紙袋を渡され、恐る恐る中を見る。これは——

「虹色のクッキー……」

ルーファス様は私に膝を寄せて座り直し、紙袋を取り上げ、目の前の皿に広げた。前世でいう型抜きのプレーンクッキーに見える。ハート、星、月、可愛らしい。これが〈マジキャロ〉の攻略対象を元気づける魔法菓子——。

「……美味しかったですか？」

「バカな！　食べるわけがない。クッキーは重要なファクターだと君に教えられているというのに！」

ああ、十歳の私、そこまで話していたのか。動揺していたわりに偉い！

「まあ、初対面の人間から貰ったものなど口に入れんだろう？　こらピア！　絶対食べちゃダメだぞ！　特に父の件を知っているとなれば……私は毒を疑った」

「毒！」

あの乙女ゲーム、そんなに血なまぐさかったの？　まさかあの時、宰相閣下は毒で臥せっていらしたと？

「だから私は実験することにしたのだ。このネズミたちで」

なんと……このネズミたちはラット検証だったのか……。

「ルーファス様すごい……乙ゲーの強制力を科学で解明なんて、思ってもみなかった……」

私は、ネズミたちを改めて見つめながら呟いた。

「おと？　なんだそれ？」

「私を呼んでくださったということは、実験結果が出たということですね？　是非お教えください！」

ルーファス様が頷いて、ネズミを指差す。

「左から順に、クッキーを一枚、一日だけあげたネズミ、次は五日に一枚ずつ、次は二日に一枚ずつ、二日やって一日あげない……そして一番右が、毎日食べたネズミだ」

右にいくにしたがいネズミは落ち着きがなくなり、一番右にいたってはグルグル自分の檻の中を回っている。たまにガチャガチャと柵にぶつかりながら。

「見てろ」

ルーファス様はクッキーを一番右のネズミの目の前に出した。途端にネズミは反応し、チューチューと鳴いてゲージに体をすり寄せる。そしてクッキーを中に差し入れると、シヤーッと牙と爪をむいてクッキーをもぎ取り、抱え込んで一心不乱に食べ始めた。

「……中毒性があるのでしょうか？」

「そのようだな、欲しくて欲しくてたまらないらしい。凶暴になるほどに」

――前世の違法薬物のようだ。

「専門家の意見は？」

「とりあえず、うちの医療師に見せた。今の時点で見せられる相手は限られる。おそらく、食べれば食べるほど幻覚症状がひどくなっているのだろうと」

「幻覚ですか……」

「そして、美味しいクッキーをくれる相手を無自覚に慕うようになるだろう、と。だがクッキーが手に入らず飢餓状態に陥れば、情緒が不安定になり、攻撃的になる可能性もあるとのことだ」

そうよね。中毒患者にすればタダで欲しいものをくれる人が天使に見えるだろうね。それにしてなんでも言うことを聞いてしまうように……。それにしても危険すぎる！

「ただ、既存の毒や薬物は、一切検出されなかったんだ」

「つまり、今のところ証拠はこの実験結果だけ、というわけですね」

ああ、これが乙女ゲームの力なの？

主人公がクッキーをコネコネするだけで、足のつかない成分が入り込んでくれるのだ。

　でも、ネズミと人間は違う。

「もう、他の皆様は食べているのでしょうか？」

「王太子殿下はじめ数人はクッキーを貰っている。毒見が食べて、なんともなければ食べただろう。ネズミにとっては自分の大きさほどあるクッキーだから、人間がどれだけ食べたら幻覚症状が出るのかまだわからないが……とりあえずこの検証結果は父に報告後、宰相の名で王に上げたよ。信じるも信じないもあちら次第だ」

「そうですね……」

　ネズミが目を血走らせクッキーを齧り続ける。こんな恐ろしいものを、ルーファス様は食べなくて本当によかった……でも……。

「ヘンリー様は……」

「……間違いなく食べているだろう。私が知る前だ。どうにもできない」

　エリンが私の肩ではらはらと泣いた日を、そして何もかも諦めて、一気に大人びた表情でお茶を飲んだエリンを思い出す。

「どうした？　ピア？」

　私はルーファス様の目を真っすぐ見つめた。

「……ルーファス様。お願いがあるのです……とても面倒だとわかっているのですが……」

「いいよ。言ってごらん？」

「エリンやアメリア様や、他の婚約者の皆様のアリバイを……キチンと作ってあげてほしいのです。彼女たちはもしかするとキャロラインをいじめたとして、それぞれの婚約者に断罪される可能性があります」

「……私が予言の中でピアに冤罪をかけたように？」

ルーファス様が苦笑いする。

「……はい。キャロラインの行動は女性たちの神経をおそらく逆なでしています。彼女たちが本当にキャロラインに嫌がらせをすることもあるかもしれません。でも、それが冤罪であれば……たまったものではありません」

「……キャロラインにのぼせている男たちの婚約者が、不当な目にあわないようにってことだね。わかった。彼女たちが一人にならないように手を打とう。そして護身として自分の行動を証明できるように、記録をつけるよう進言しよう」

「さすがに……皆様からクッキーを回収するのは不可能でしょうか？」

「ピア、気持ちはわかるけれど難しいよ。それに既に中毒であるのならば、急に摂取をやめるのは逆に危険だ」

「……そうですね」

「でも、ちょっとできることを考えてみよう」

「ありがとうございます。ルーファス様」

ひとまずホッとして頭を下げる。私はルーファス様に頼ってばかりだ。

「まあね、殿下をはじめキャロラインの虜になっている男はほとんどが古い付き合いだ。毒となれば私だって心配だ。特にヘンリーは貴族としてはどうかと思うが裏表のない付き合いやすい男だからね。私だって救えるものなら救いたい。ところでピア、頑張る私にご褒美が欲しいね」

ルーファス様が私の頰を大きな両手で包み、ニヤリとわざと悪そうに笑った。

私は勢い込んで、頷く。

「もちろん！　私が差し上げられるものならば」

すると、ルーファス様は突然息を潜めて顔を寄せ、耳元で囁く。

「君の一番大事なものが欲しい」

私の……一番大事なもの……。

「……わかりました」

私は泣く泣くポケットからサメの歯の化石を取り出して、ルーファス様に差し出した。

「……まさかこうくるとは……いらん……でも間違いなくこれはピアの一番大事なもの……。まあ結婚すれば共有することになるから一旦貰っておくか。私のものにしておけば売ることはできないしな……」

「ルーファス様？」

あれ？　あんまり嬉しそうじゃない……宝物なのに……。

「ハイハイ、ありがとう。ピアは優しいな」

「……優しくなどありません。ピアは私と同じ立場ですもの……。きっと彼女たちはキャロラインに焦がれる婚約者様を見て、静かに泣いているでしょう。エリンがあれほど苦しんでいるのに私だけ、逃げた……」

下唇を噛みしめる。血が滲む。

「……ピア、ピアは逃げてない。この七年の間私とピアで力を合わせ、予言どおりにならないよう防衛してきたのだ！　そうだろう？」

「……はい」

いつの間にか、ネズミもサラもマイクも部屋からいなくなっていた。

「ピア……」

私はルーファス様に抱き寄せられ、黒髪に指を差し入れられて、下唇をルーファス様の口に含まれる。ルーファス様の唇に、私の血が付いている。

「あ……」

「唇を噛んで我慢する癖、もうやめろ。いっそ私に噛みつけ」

そのまま優しくて長いキスを受けた。

第六章 弱気な悪役と強気のヒロイン

夏季休暇が終わり、私たちは再びアカデミーに戻った。

そして、①決して一人にならない、②キャロラインと会わない、③怪しいものを貰ったら即報告、という行動基準を厳守することを二人で誓い合った。そしてルーファス様は忙しい中、週一回は会う時間を捻出し、「今週もキャロラインに対する感情などない」と、報告してくださる。私を安心させるために。

エリンの訪れない研究室はとても静かだ。エリンはまだ王都に戻っていない。最近バイオリンを再び始めたと手紙にはあった。少しは元気に……なるわけがないか。

ルーファス様はお義父様に頭を下げて、ヘンリー様のもとに忍び込める凄腕の忍者？をお借りして、例のクッキーをすり替えることに成功したそうだ。体調を悪化させぬように三枚ほど本物を残しておくことが肝心らしい。

ルーファス様は友のため、私のために次々と手を打ってくださる。私もルーファス様が「今日も異常なし」報告をしてくださるうちはそれを信じて、エリンのために何か動きたい。とりあえずはクッキーの摂取を減らすこと……。

「……クッキーよりも美味しいもので、キャロラインと会う前にお腹いっぱいになっておけばいいんじゃないかしら？」

クッキーへの飢餓感があろうと、一枚食べれば落ち着くくらいになれば過剰摂取しなくて済む。そもそもヘンリー様はお菓子をあまり好まないと、いつかのダブルデートで聞いた気がする。私はくるりと、ドア横に立つマイクに振り向く。

「ヘンリー様が一番好きな食べ物ってなんだと思う？」

マイクは眉間を寄せて考えて、

「そうですね……若いし騎士を目指すからには体を作りたいでしょうし、肉ですね」

やっぱり。私は引き出しを開けて、財布を取り出す。二万ゴールド入っている。

「よし、昼休みまで一時間あるわ。買い出しに行くわよ。マイクが一番好きな肉料理の店に連れていってちょうだい！」

ちょうど空き時間だったので、アカデミーの外の商店街に行き、マイクおすすめのレッドドラゴンの串焼きを買う。かなりお高かったけれど、タレの焦げた匂いが食欲をそそる。私はよだれの出そうな匂いを振りまきながら急いでアカデミーに戻り、食堂に続く渡り廊下前で待ち伏せした。

昼休みの鐘の音が鳴り、しばらくすると、ヘンリー様がやってきた。やはり昼食時の食堂がヘンリー様のメイン攻略場所なのだ。

「ヘンリー様！」

「ん……ピアちゃん？」

よかった。その声色から察するに私はまだ嫌われていない。友達の認識のままだ。でも雰囲気に少しキレがなくなった気がする。

「仕事でちょっと外に出たついでに、美味しそうな串焼きがあったので買ってきたのですが……一緒に食べませんか？」

「え？　なんで俺に？」

「だってお友達でしょう？　お友達と美味しいものを分け合って食べたいと思うのはおかしいですか？」

「いや……でも俺、約束が……」

「えええ！　めったに市場に出ないレッドドラゴンの串焼きなのに!?」

「レッドドラゴン？」

「ああ……残念……大人気でもみくちゃにされながら買ったのに……ヘンリー様が食べないのならせっかく討伐した騎士様もガッカリされるでしょうね……私もヘンリー様が喜んで食べる姿を思い浮かべながら買ったのに……無駄になっちゃった」

あえて袋から取り出すと、辺り一面香ばしい香りが充満する。

「た、食べるよ食べる！」

「よかったあ！　さあさあこちらのテーブルで一緒に食べましょう」

いつも私とエリンが使っていた中庭のテーブルに向けて背中を押す。

「どんどん食べてください。私はもうお腹いっぱいなので残りは全て召し上がれ」

「……うっま！」

「いや、もう食えねえ」

「ええっ！　ドラゴンを捨てろと……」

「ま、待て、もったいない。ピアちゃん、俺、食べるから！」

ヘンリー様は大串四本、制限時間内になんとか食べ終えて、よろよろと教室に戻っていった。食堂など見向きもしなかった。

「マイク、しばらくこの作戦で行くわよ。男性が飛びつく肉料理、たくさんリサーチしておいて」

「なるほど……了解です。ピア様は太っ腹ですね。二万ゴールドは考えの固い相手ばかりで緊張を強いられる国土委員会参加の報酬と、ほぼ一緒ですのに」

私はルーファス様の傘の下で、ビクビク過ごすだけの弱気な女だけれども……大好きなエリンに前世の私のような思いは……できることならばさせたくない。

「……エリンが笑って帰ってきてくれるなら、いくらでもお給料をつぎ込むわ」

私の『ヘンリー様、常にお腹いっぱい大作戦』はマイクの協力のもと、三日に一度の間隔で続けた。毎日だと怪しまれるのでは？　とアドバイスを受けたからだ。確かに毎日食堂に行かなくなれば、すぐさまキャロラインが乗り込んでくるかもしれない。

「ピアちゃん……もうダメ、腹いっぱい」

「えー！　せっかくヘンリー様のために、一時間並んで天然のタイガーシュリンプのオイル焼きを用意したのに……」

「な、泣かないで！　食べる！　食べるから！」

エリンのためならば、嘘泣きだってなんだってする。

「そういえば……ピアちゃん、アイツ……見かけないけれどどうしたの？」

「……え？　どなたのことでしょうか？」

エリンを思い出したことは評価するけれど、簡単に教えてやるつもりなどない。

鐘が鳴って、今日もヘンリー様は慌てて午後の授業に真っすぐ走っていった。

私はノロノロとテーブルを片付け、とぼとぼと研究室に戻る。私のこの小さな抵抗は、ジャブくらいにはなっているのだろうか？　と考えながら。

すると、マイクの、

「しまった！」

という声と共に、何かに衝突されて、私はお尻から地面にどしんと落ちた。

「きゃあ、ごめんなさい！　大丈夫!?」

嘘!?　思わず目を見開く！

この声は……キャロライン！　私は慌ててずれたメガネをかけなおし、後方でためらうマイクに下がるよう目配せする。護衛が付いているなど悪目立ちしてしまう。

「だ、大丈夫です」

私は急いで立ち上がり、お尻に付いた土をパンパンと払う。

「でも汚れちゃったでしょう？」

キャロライン、案外常識的な対応？　と思いながら、無難な言葉を選択する。

「このとおり白衣を着ていますので。白衣は汚れるためにありますから」

彼女は私の全身をサラっと眺めた。

「そっか、白衣ってことは、研究棟の職員なのね。メガネをかけている女性なんて初めて見たわ。コンタクトがないって、ほんと面倒ね」

コンタクトレンズ……これで転生者確定だ。そして私の正体に……全く気がついていない！

「そうそう、研究員ならルーファスがどこにいるにか知らない？　授業も被らないし全然捕まらなくって。研究棟で見たことがあるという話を聞いたのだけど」

ルーファスって……本人の前でなくとも呼び捨てはまずいと思う。そして研究棟での目撃情報は本当だ。私の部屋に来ているのだから。

「スタン侯爵令息様のことでしょうか？　であれば、研究棟にいらしても不思議はありません。大変優秀だと聞いておりますので。ですがここ最近は見かけたことはありません」

私は上手に嘘をつけるタイプではない。だから嘘はつかない。全てを言わないだけ。

「そう。ねえあなた、ちょうどよかった！　私を研究棟に連れていってくれない？　セキュリティーが厳重で中を覗くことすらできなくて」

ルーファス様に接触するためならば、あらゆる手段を試みるんだ!?

「……申し訳ありません。私のカードであなた様を通すと、馘になってしまいます」

「そっか。仕事をなくすわけにはいかないよね。女は職業が限られているもの。あー、あとはルーファスだけなのに腹立つわ～！　研究棟突撃がダメなら次は……。あ、じゃあね」

キャロラインは来た時と同じように走り去った。

私は用心に用心を重ねながら、陰に控えるマイクと共に早足で研究室に戻る。マイクがカギを閉めた音で、力が抜け、ソファーに倒れ込む。

「ピア様！」

私は心配ないと手を横に振る。

「申し訳ありません！　あやつに付いていたものが、まかれたようで……」

マイクなみの凄腕の護衛をまくなんて、逆にキャロラインがすごい。

「私の素性、ばれてなかったわよね」

「はい。一介の研究助手あたりだと勘違いしておりました。侯爵令息の婚約者が白衣を着て研究棟で働いているなどとは、思いつきもしないのでしょう」

貴族の皆様からすれば、白衣は平民労働者の作業服同然だ。実際作業服なわけだけれど。

「よかった……」

額に手を当て目を閉じる。まさか彼女と直接話をするなんて、こちらだって思ってもいないことで、恐ろしかった。

しかし、短い対面ではあったけれど、収穫はあった。彼女ははっきりとルーファス様を狙っていて、ルーファス様の婚約者が誰か未だわかっておらず、私と結びつけられなかった。私は自分がシルエットモブ悪役令嬢だったことに心から感謝した。

「ただちにルーファス様にご報告致します。ピア様、何か言伝はありますか？」

「……くれぐれも、ご用心くださいと」

その夜、ルーファス様が訪ねてきた。少し遅い時間だったのでサラは怒っていたけれど、なだめながら出迎える。

「ピア！」

外の冷たい空気を纏ったルーファス様がすっぽりと私を包み込む。

「肝を冷やしたぞ！　あの女とまさか直接話すとは！」

「ご心配をおかけして申し訳ありません。ただ、あのままマイクと共に逃げ去るのもあまりに不自然で……」

「わかってるよ。でも長々と話す必要はないだろう！　あの女は危険だ！　毒をばらまいているかもしれないんだぞ。アカデミーの中だからと油断するな！」

私の肩を掴み、厳しい表情で言い放つ。

「おっ、おっしゃるとおりです」

「いや、ごめん。口調がきつすぎた。ピアに非などないよ。ただ私がそばにいられないことがもどかしい」

ルーファス様はおそらくもうアカデミーで学ぶべき知識はない。せっかくの才能を私に付き合わせる必要もない。宰相室で有効に使っていただかないと。私はそっとルーファス様の背中に手を回す。

「マイクがいつもルーファス様の代わりにいてくれますから、いざという時は守ってくれると信じています。それにこうしてお忙しいのに、会いにきてくれたことが何より嬉しいです。ありがとう、ルーファス様」

「マイクを頼りにしているようで、なんだか複雑だな。しょうがないけれど」

いつまでも玄関先にいるのもおかしい。ルーファス様を玄関横の小さな談話室に案内し、二人並んで腰かける。サラが温かいお茶を淹れてくれた。

「彼女……ルーファス様に会いたくてたまらないご様子でした」

「聞いた。私の動静を探っていたらしいな。ゾッとする。マイクの一報が入ったあと、母から連絡があり、なんと夕刻、我が家に突撃してきたらしい。例のクッキーを大量に持って」

「侯爵邸に!?」

……ありえない。その行動力に脱帽だわ。

「門番が私の不在を告げると、『ルーファスの友人です。お忙しいようでアカデミーに姿を見せないから、差し入れを持ってきました。皆様で食べてください』と言って、押しつけていったそうだ」

「それは……怖いですね」

紛れもなくストーカーだ。

「ああ。私が心配するのも当然だろう?」

「誰もクッキーを口にしませんでしたか?」

「ああ。母とも情報を共有しているからね。たくましくも今度はもっと大きな動物で実験すると言っていた。ピアも、もう無茶しないこと。わかったね」

「でも、彼女は私をただの研究棟のスタッフだと思い込んでいました。このまま接触すれば、彼女の行動を先回りして防ぐことができるかも……」

「ピア！」

「す、すみませんっ！　不用意なことは致しません！」

用意周到なら……いいかしら？　リスクを負ってでも接触するほうが得るものが多いと思う……。

「ところでピア、ヘンリーの餌付け、着々と進んでいるようだね」

「餌付けって……全く懐いてはくれませんよ？」

「懐かれては困る。今日、王宮で騎士団長に会った。団長もいろいろと把握しているようで……エリンが王都を出たことを重く見ていた。そしてピアの餌付けも『博士のされることならば意味があるのだろう』と容認されていた。ただあいつ、ムチムチと太ってきたらしくて、夜、クタクタになるまでしごかれているらしいよ」

「まあ……」

ヘンリー様のお父上である騎士団長、コックス伯爵はエリンのことをとても可愛がっていらしたらしい。ヘンリー様がお父上に訓練されて死んだように眠ることは、余計なことを考えるいとまも与えず、良いことに思えた。

「たまには私も餌付けしてほしいけれど？」

ルーファス様が肘置きに頬杖をついて私を見上げる。

「侯爵家のシェフに敵う者など市井にはおりません！　私は十の歳からずっと胃袋を鷲掴みにされています」

そう言いつつも、お疲れのご様子なので、ジョニーおじさんから貰ったたまごボーロをルーファス様の口に放り込む。舌先で溶ける食感に驚いていらっしゃる様子だ。

「そう？　じゃあ一日も早く、毎日うちで食事をとれるようにしなくちゃね」

「はい！　って、え？」

にっこり微笑むルーファス様の意図することに気がついて、私はもじもじと俯いた。そんな私に顔を寄せ、

「今日も私はピア一筋だよ」

ルーファス様がかすれた声で囁いた。

アカデミーで学び、週末にジョニーおじさんからの依頼をこなしてはその報酬をヘンリー様の餌付けにつぎ込むという、全く貯金の増えない自転車操業で過ごしているうちに、季節は秋から冬に移った。

アカデミーの中庭を、枯れ葉をカサカサと踏みしめて歩く。ここまで寒くなれば屋外での発掘作業は行えない。私は相変わらずひ弱で、すぐに熱を出してしまうのだ。

逆にこれからは社交界のシーズンに入るわけだけれど、私はその輪に入るつもりもないし、ルーファス様も政務で忙しくそれどころではない。ということで、安定のひとりぼっち。寒さが身にこたえる。

「会いたいなあ……」

エリンに。と、ぼんやり考えていると、マイクが私の肩に手を置き、意識を引き戻す。

「ピア様！　この先に行ってはなりません！」

……ということはこの先にいるのだ、キャロラインが！

私はとっさに判断した。マイクにごめんなさいと頭を下げて、制止を振り切って、校舎の角を曲がった。

そこにはキャロラインが、三名の見たことのない女子学生に囲まれていた。

「……だいたいねえ。王太子殿下にあなたから声をかけるってどういうつもり？　不敬にもほどがあるわ！」

「そうよ！　殿下の心が広いからと甘えて！」

どうやら女子学生たちから詰め寄られているようだ。見た目からして、三人ともどこかのご令嬢らしい。

「ですが……アカデミーは平等だから、気さくに声をかけていいよと、皆様言ってくれるもの」

「そんなの建前に決まっているでしょう？」

「仮にそうだとしても、婚約者のいる相手にベタベタするのは身分うんぬんの問題ではないわ！」

「そうよ！　非常識よ！」

「私は私と仲良くしてくださる方と楽しくお話ししているだけなのに、ひどい！」

キャロラインは胸元を押さえ、目をうるませた。

「ひどいのはあなたでしょう？　アメリア様がどれだけ心を痛めていると思ってるの！」

「……アメリア様が私を目障りに思って、あなたたちを差し向けたのね。ご自分の手を汚さず……なんて卑怯な……」

「アメリア様は関係ないわ！　友人として私たちが勝手にしているだけよ！」

なんと、キャロラインを責めている彼女らは、王太子ルートの悪役令嬢であるアメリア様の友人のようだ。相当怒っている。

「私の身分が低いからと、行動を制限するんですね……。こんな心の狭い人たちがこの国の高位貴族だなんて……」

「ば、バカにして！」

背の高い黒髪の令嬢が、キャロラインの頬をぶってしまった。キャロラインは地面へ大げさに横倒れし、俯いて、

「うわあああ――！」

と、大声で泣きだした。

修羅場に遭遇してしまったことでカチコチに固まって見ていたチキンの私だけれど、これはもう、どちらのためにも止めなければ！　私は満を持して渦中に飛び込む。

「皆様！　どうかしましたか⁉　大きな声があたりに響いておりましたが！」

私はさも今来ました風を装って、足音をたてて駆け寄る。

「え？　いえ、その、なんでもないわ！　キャロライン様！　これに懲りて自分の行動に気をつけることね！」

彼女たちはバタバタと走り去った。

キャロラインはうずくまって、泣きながら、

「あの人たちが……うっうっ……たかだか男爵の身分のくせに生意気だって、私のことをイジメて……」

はらはらと涙を流しながら私に向けて顔を上げたキャロラインは、女の私でもコロッといきそうなほど美しかった。しかし、さっと表情が変わり、涙も止まった。

「え？　あなた……先日の研究室の人？　どうしてここにいるの？　ここはルーファスが目撃して助けてくれるイベントなのに！」

キャロラインはすくっと立ち上がり、パンパンと制服に付いた土を払い、顎に手を当ててぶつぶつと呟いた。

「なんでこの人に助けられちゃうの？　久々の同情を誘える見せ場だったのに、無駄撃ちになっちゃったじゃないの……」

「あ、あの、大丈夫ですか？」

「そもそも釣れたの小物三人だし……アメリアとかいう悪役令嬢本人がどうして現れないの？　ゲームでは直接文句を言いにきたり、物を壊したり、けっこうえげつない嫌がらせしたくせに！　男爵令嬢を相手にするのはプライドが許さないってわけ？　あとで慌てても知らないんだからね！」

……元気いっぱい。心配する必要はないようだ。彼女のひとり言から察するに、これはルーファスイベントだったらしい。

校舎の片隅に呼び出され糾弾されるキャロラインを、通りかかったルーファス様が救出し、慰めると共に、悪役令嬢サイドへのヘイトを高める……といった内容だろうか？

しかし、ルーファス様は今日も王宮で仕事中だ。彼が来られないから、婚約者である私が代打でイベント回収なんて、笑えるような笑えないような。

「ルーファスが言うことをきかないから、ルーファスとガイが私を巡って争うイベントまで影響を受けて発生しないし……あれ絶対体感したかったのに……。ルーファスと一緒にうちの領を内政チートして、国中に技術革新をもたらすイベントも出てこないから、父が褒賞を貰うチャンスもなくなっちゃった。……仲良くなるように厳命を受けてるってのに……やっぱり少しバグってるわね……」

何もかも〈マジキャロ〉のシナリオどおり進んでいる気がしていたけれど、ルーファス様のおかげで？　そうでもないらしい。キャロラインにとって思いどおりにいっていないことがあるのならば、国外追放にならない未来も不可能ではないのでは？　ちょっと希望が湧いてきた。

あら？　『父に仲良くなるように厳命を受けてる』って言った？

ふと考えるために視線を逸らすと、冷え切った表情でマイクが睨んでいた。もう退散しなければ！

「全く、悪役令嬢が仕事をしないもんだから、目算が外れっぱなし……あ」

ようやく私と彼女は目を合わせた。私はさっと自分の姿に目を走らせる。白衣にメガネに三つ編み。前回同様地味。よし！

「怪我はないようですね。安心しました。それでは私はこれで」

私はペコリと頭を下げ、立ち去ろうとした。

「待って！　私の悲鳴に駆けつけてくれたんでしょう？　ありがとう。ところであなた以外に誰かそばにいなかった？」

「いえ、気がつきませんでした」

「せっかくぶたれてやったのに、観客たった一人？　それも発言力のなさそうな平民だし」

キャロラインの呟きは小さいけれど、きっちり聞こえた。発言力がなくて申し訳ない。

「ねえ、ところであなた、私が誰かわかる？」

「あの、申し訳ありません。私、研究棟からあまり出なくって」

「ふふ、いいのいいの。私のことわからないんだ。色眼鏡で見られなくて済むわ」

嘘は言っていない。私はこの現世のあなたのことは、何も知らないもの。

「ねえ、ちょっとだけ現地の人としてアドバイスちょうだい。どうにも行き詰まってて……すっごく振り向いてほしい人に全く相手にされなかったらどうする？」

ここの答えは岐路（きろ）になる。平静を装い、きっぱりと言い切る。

「全くの脈なしであれば、諦（あきら）めます」

お願い！　ルーファス様のことは諦めて！

「そうもいかないのよね……必ず落とさなきゃ、私の存在意義が……」

……存在意義？　キャロラインの？　ヒロインは何を選択しようと自由ではないの？

彼女にもなんらかの強制力が働いている？

「あの……その方をとても愛してらっしゃるのですか？」

「そういうんじゃないわ。私は皆から愛される運命なの。一つとしてほころびがあることは納得いかない」

コンプリートのためには、ルーファス様が必要不可欠ということ？

「……脈もなく、あなた様にも愛がないのなら、本当に好きになれる人を探しては？　こんなに美人さんなんですから」

改めて正面から見たキャロラインは、やはり美しい。つやつやしたブロンドはハーフアップに結い上げられ、ピンク色の瞳は零れそうなほど大きい。金色の長いまつげはくるんとカールして、ほっそりしつつも胸は大きく腰はくびれているという女性の憧れそのもののプロポーション。

まあ、私にとってはエリンのほうが百倍綺麗だと思うけど……それは好みの問題。

「ふふふ、あーっはっはっは！」

唐突にキャロラインが笑いだして、私は戸惑った。

「いえ、ありがとう。嬉しいわ。あなた、本当に私のことを美人と思ってくれてるってわかるもの。そうなの。私、美人でしょう？　前世を思えばありえないくらい。せっかく完璧ヒロインになったのに思いどおりにならなくて、本当にイライラする！　予定では年内には逆ハーの目途が立って、父にいい報告ができたはずだったのに！　この容姿で上手くいかないなんて……自信満々に全員攻略してくると宣言したのに……あーあ、私ってば何をやってるんだろう？」

キャロラインは俯き、口から出る言葉は徐々に小さくなっていく。

「え、えっと？　大丈夫ですか？」

「……ダメよ、結局のところこれしか……生きていく方法はなかったのだから。迷うタイミングはとっくに過ぎている。最後までやりとげなくちゃ。せっかくのヒロイン転生。思いっきり楽しんでルーファスもなんとしてでも攻略！　絶対に王太子中心の逆ハーを完成して、父に恩を十倍にして返すんだから」

「あ、あのう？」

キャロラインは厳しい表情のまま顔を上げた。

「なんであなたの前だとこうペラペラと喋っちゃうのかしら。平民相手だから？　……ああそうか。あなたのその黒髪や化粧っ気のないところが日本人ぽくって、油断しちゃうんだわ」

彼女は一瞬、自分の心の中の光景に思いを馳せているようだった。しばらくすると次の授業の始まりを知らせる鐘が鳴った。

「じゃあね、白衣の研究員さん。バイバイ！」

キャロラインは前回同様走り去った。前世で別れの際誰もがやっていたように、手を振りながら。

彼女が完全に消えてからマイクがとても怒った顔で現れた。

「ピア様!!　ありえない！　あなたがキャロラインに会いたくないと願ったはずです！」

「マイク、本当に本当にごめんなさい」

頭を下げる他ない。

「今日は真っすぐにスタン侯爵邸に向かわれたほうがよろしいかと」

「そうします……」

寄り道する旨の連絡を自宅に入れてもらったのち、スタン侯爵邸に護送された。お義母様はご不在で挨拶せずに済み、少しほっとしてスタン邸の自室で小さくなっていると、そう待たずにドアがノックされた。返事をしてドアを開けると、表情が硬くかなりお怒りのご様子のルーファス様とマイクが入ってきた。

おずおずと座るよう促すと、大きなため息をつかれた。私がルーファス様のための紫の薔薇の茶器に手を伸ばすと、グリーンの瞳でギロリと睨まれる。お茶という気分ではないようだ。

腰を下ろしたルーファス様が自分の隣を指差すので、恐る恐る、そこに浅く座る。マイクはドアの横の定位置に立っている。

「まさかピアが私との約束を破るとは！　連絡が来た時あまりのショックで息が止まるかと思ったよ」

「や、約束を破って本当に申し訳ありません！　マイクは私を止めました。無罪です！　私の独断です。お怒りはごもっともですが、私の記憶が曖昧になる前に、今日のキャロラインとの会話をルーファス様に伝えさせてください。そのあと、あの、いっぱい怒ってください！」

ルーファス様は、はあ……と、またも大きなため息をつき、小さく頷いて私を促した。

私は、慎重に、できるだけ一言一句正確に、令嬢たちとキャロラインの会話、そして私との会話を再現した。ルーファス様は眉間にぐっと皺を寄せて、言葉を挟まずに最後まで聞いてくださった。

「……終わりかな？　じゃあピアの考察を聞かせて」

「まず、彼女は今回も私の正体がわかっておらず、それプラス、自分の正体もばれていないと思っていて、かなり……リラックスしていらっしゃいました。私を平民と確信しているからかフレンドリーで、少し拍子抜けしました」

「うん」

「予言どおり、王太子殿下を中心にした五人全員と恋人になることに執着していて、ルーファス様が思うようにならないことにイライラしていました」

「私は何としてもルーファス様を諦めさせようと、頑張って誘導を試みたのですが」

「そう」

「あ、そういう思惑だったのか？」

不意にルーファス様がキョトンとされた。

「え？」

「いや、続けて」

「ええと、愛していないのならルーファス様を諦めてほしいと言いましたら、そういう問題ではないと。存在意義ですとか最後までやりとげなくちゃとか、父親に厳命を受けているとか……それらの言葉から察するに、ラムゼー男爵の命令で動いているように思えました。でも最終的には自分の行動に納得していて、やっぱりルーファス様に今後も積極的にアピールし、妥協なしの五人全員に愛される完全勝利を目指すようです。そういえば、ルーファス様と相愛になれば、技術革新して、領地を潤すことができるとも言っていました。そういう面でもあてにされているのでしょう」

「そうか……愛していないのなら諦めろ……裏を返せばピアは愛しているから諦められないと……いやそれは一旦置いておくとして、マイク、どうだ」

「ピア様のお話は全て真実です。そして、私も彼女は一工作員のように感じました。まあピア様にポロポロと心情を吐いてしまう時点で随分と出来は悪いですが。おそらく使い捨てのコマでしょうね。複数相手に観客を意識しながら自分を被害者に持っていく話術は、なかなか面白かったですが、そんな悪女も純粋なピア様には嘘がつけなかったのかもしれません」

「まあ、あの毒を扱える時点で一介の女子学生の恋愛遊戯でおさまる話ではなくなっている。彼女には男爵というバックが付いていて、指示に従っているようだが、そこに自らの意思もある。しかし現在のところ証拠はなく、推測にすぎない。私たちを狙う意図も明確にはわからない。愛はないそうだから。そういうことだね」

私とマイクは同時に頷いた。

「とりあえずはここまで。マイクありがとう。下がって」

マイクは頭を下げて退出した。

「さてピア……」

私はソファーを下りてルーファス様の足元に跪き、手をつき頭を下げた。

「申し訳ありません。私が彼女と会いたくないと願い、ルーファス様にさまざまなお骨折りをしていただいたのに、私のほうから約束を破りました。私だってルーファス様が彼女と顔を合わせるのが怖くて、先日改めて誓っていただいたというのに……どうぞ、好きなだけ詰ってください」

頭の上から何度目かの大きなため息が響く。

「これじゃ話しにくいよ、ピア」

あっという間に抱えられ、私はルーファス様の膝の上で横向きに抱き込まれていた。目と目を合わせられる。

「ピア、あまりに愚かだよ」

「……はい」

「ピアの前では牙をむかず、フレンドリーだったかもしれない。でもそれすら演技だったら？　彼女とまだ二回しか会っていないのに、ピアに彼女の何がわかる？」

「………」

おっしゃるとおりだ。

「それが父親の指図であろうとも、彼女がヘンリーに毒を盛って、エリンを泣かせたんだ。彼女が君の大好きなエリンを不幸にしたんだよ。そしてあの毒をクッキーに忍ばせるような悠長なことをせず、君の口に押し込めば、君は死ぬかもしれないんだ」

「……軽率……でした」

私と話すキャロラインはとっても普通だった。でも忘れてはいけない。彼女はエリンを地獄に突き落とした張本人だ。彼女は悪役令嬢を貶めよう、罠に掛けようと息巻いていた。私が悪役令嬢の一人とわかったら、すぐさま躊躇なく排除にかかるはず。

「覚えておいて、ピアに何かあったら、私は元凶を全力で潰したのちに……後を追うから」

　ルーファス様のどこまでも透明なエメラルドの瞳に、何かほの暗い影が走る。それを見た私の心臓はぎゅっと音をたてて縮みあがった。

……私はバカだ。大好きな人のために動いているつもりで、結局最愛の人を、こんなことを言わせるほどに、傷つけてしまった。後悔が一気に押し寄せて、涙が溢れ出す。

「うっ……ごめんなさい……彼女の目的がわかれば、何か対処方法が見つかるかもって、ルーファス様を取られないかもって思ったのです。話してみたらルーファス様を好きなわけじゃないって。それならば諦めてくれるかもって……予言でそんなことありえないって、わかっていたのに……。エリンのことも……結局自分のことばっかり……ルーファス様に心労ばかりかけて……私は、私は……」

　とうとう目を合わせていられずに俯き、涙を指先で拭っていると、ルーファス様が私のメガネを取り上げてテーブルに置いた。そして自分の胸に私の顔を押しつけて、頭をかき抱いた。

「はあ、普段は弱気でおとなしいくせに、いざとなればこうやって驚くような行動力を見せつけるんだからな……私のためか……。ピア、もう泣くな。もう一度約束しなさい。二度とキャロラインと接触するな！　今度約束を破ったら、スタン領に閉じ込めて、二度と外に出さないよ！　わかった？」

「はい！」

ますます涙が決壊し、泣きじゃくる私を、ルーファス様はずっと頭や背を撫でて慰めてくれた。

ルーファスに優しくあやされ抱きしめられたピアは、許されたと感じたからか、午後中ずっと張りつめていた緊張が解けたのか泣き疲れたのか、慢性的な寝不足か、くたりと脱力し、すぅっと寝入った。

「ピア？　寝たの？　疲れすぎだ、全く……。私を望むゆえに危険に飛び込んだなんて言うピアを、強く非難できずいじらしく思ってしまうとは……惚れた弱みだな。私も重症だ」

ルーファスはそっと親指で、ピアの目尻に残る涙を拭う。

「私と協力して技術革新？　それはまさしくピアのことだろう？　ピアの功績はピアの努力のたまもの。私はピアの進む道を整備しただけだ。キャロラインごときが私と協力して何ができると思っているのだ？　いや、彼女も予言者だったな……何か才能を隠し持っているのか？」

両目を細め、考え込む。

「やはりキャロライン一人の企てではなかったな。しかしラムゼーには金も力も、毒を手に入れる伝手もないはずだ。ラムゼーの後ろに巧妙に隠れて操る存在……ベアードか」

祖父の時代からスタン侯爵家と対立し、事あるごとにスタン家を陥れようとするベアード伯爵家。先日劇場で会ったマリウスを思い出し、舌打ちする。

「……しかし今のところなんの証拠もない。なんとか尻尾を摑まねば。ピアが命懸けで手に入れた情報なのだから」

ルーファスは表情を緩め、腕の中の最愛の額にキスをした。

「ピア。君の愛がなくなれば、もはや私は私でなくなるとわかってる？」

それからの私はきちんと約束を守り、二度とキャロラインと会わなかった。
キャロラインはあの日の宣言どおり、ルーファス様にますます攻勢をかけようとするも、彼は相変わらずお義父様の補佐業が忙しく、ほとんどアカデミーに顔を出さない。よって、侯爵邸で門前払いされたり、ルーファス様のご友人と思われる皆様に取次を頼んで断られたりを繰り返しているとのことだ。さぞやイライラしていることだろう。
私以外の、エリンをはじめとした悪役令嬢の皆様が未だに事態を静観しているのも、キャロラインをイラつかせる理由の一つ。アメリア様たちはルーファス様の言葉に従って冷静に対処してくださったのだ。心では苦々しく感じているだろうけれど。

彼女たちは皆良家の出。身の回りに護衛を兼ねる学生などを常に付けるようになり、キャロラインが罠をしかけたくとも、全く隙がない。

一度、教室の移動中にアメリア様とすれ違った。彼女は私に気がつくと、美しい姿勢のまま頭を下げ、静かに微笑んだ。その笑顔は王都を発つ時のエリンのそれと通じるものがあり……悲しくなった。その表情からして、先日のキャロラインを糾弾していたアメリア様の友人たちの行動は、やはり彼女たちの独断だったと推察できた。

そういえば、劇場で会ったキザなナンパ男、マリウス・ベアード伯爵令息とも再会した。なんと我が家に突然やってきたのだ。歳の近い兄に会いにきたという名目で。

普通の勤め人が絶対帰宅していない時間に狙ったようにやってきたけれど、兄目的と言われれば、追い返すこともできず、小一時間ほど雑談にお付き合いした。私はもちろん人見知りなので、ニコニコと相槌を打つことに徹した。

兄が帰ってきてバトンタッチすると、ものの五分で帰っていった。兄に聞けば、共通の友人の近況を聞かれただけだと。

「そもそもアカデミーの同学年でもないしなあ。一つ下だったか？ 同じ伯爵家とはいえ格が違いすぎるし、顔見知りってだけだ。完全にピアの研究狙いだろ？ お前、ヘビーな奴ばっかり引き寄せるなあ」

「まさか……化石狙いなの!? メタセコイア属の噂を聞きつけたのかしら……」

「……多分、違うぞ？」

もちろんルーファス様に報告すると速攻で飛んできて、ピリピリした空気の中、会話の内容を事細かに精査された。

「スタン家のことは何も話しておりません！」

と、はっきりお伝えしたのだけれど、何か別のことを思案しているようだった。


そうこうしているうちに年が明けた。

私は新年のご挨拶にスタン侯爵邸を訪れ、お義父様とお義母様に前世的に言えばお年玉をいただいて、ルーファス様の部屋で休憩している。

「しかし王太子殿下のキャロラインへの執着ぶりはすさまじいものがある。年末の挨拶に伺ったら、『年越しは彼女と過ごす』とのろけられたうえで、なんと牽制されたよ。『私は婚約者一筋だから安心してくれ』と言うと、今度は『なぜ彼女の素晴らしさがわからないのだ！』と逆上する。陛下はなぜ、手をこまねいていらっしゃるのだ」

頭を抱えるルーファス様に、サラが淹れてくれたお茶を差し出して、並んで一緒に飲む。

年越しイベントである〈新年に永遠の誓いを〉は、王太子ルートに固定したあとで発生する。キャロラインは宣言どおりメインルートを選んでいたのだ。でも、このイベントはもうゲームでは終盤（しゅうばん）だった。このイベントで愛を誓い合ったあとは、年明け後しばらくして行われる卒業パーティーでの断罪イベントを残すのみ。でも私たちの卒業は来年だ。あと一年以上もあるのに何を急いでいるのだろう？　このイベントで王太子をとりあえず確保して安心したかったの？　ゲームと時間軸（じく）がずれすぎて、いよいよどうなるのかわからなくなってきた。

　それよりもある意味問題なのは殿下だ！　権力者がたった一人の女性に過度に傾倒（けいとう）するのはまずい。その女性とその取り巻きが野心家であればなおさら。

　前世の世界史の知識では、それによって国が実際に傾（かたむ）いた例があったと思う。現在は公平な国王陛下の御代（みよ）だから問題ないけれど、いつか必ず代替（だいが）わりするのだ。

　さはさりながら、彼女は害であるとわかっているものの、同じ転生者として、どうか決定的な過（あやま）ちを犯（おか）さないでほしいと、心のどこかで思ってしまうのだった。

第七章 運命の決する日

こうして、最初に戻る。

ホールの中央で、ゲームさながらの断罪シーンは続いている。時期も舞台も違うこの場が断罪イベントになるなんて……ゲームと異なる展開に、動揺を隠せない。

私は相変わらず、壁とルーファス様に挟まれている。肩越しにステージ？　を覗こうとすると、ルーファス様がますます覆い被さった。

「こら、出てくるな！　ねえ、どうして今日に限って化粧して着飾ったの？　メガネは？」

「え……だってルーファス様がこの日のためにとドレスを贈ってくださったから、ルーファス様に恥をかかせてはいけないと思って一応頑張ったのですが……どうやら読み違えたようですね。メガネは夕べから少し頭痛がして……」

慣れないことをするものじゃない。ルーファス様にとってかなりの違和感なのだろう。

ガクッと肩を落とす。

「ピア……儚げに佇むピアにどれだけ人目が集まっていたのかわかっていないのか!?　狼の餌食になるところだったんだぞ！　危機感を持て！　ってメガネしてないからわか

らなかったのか。じろじろ見られればピアの尊さが減る！　普段から可愛いのにドレスアップして超絶綺麗になった嫁を他の男に見せられるか！　私の陰でジッとしてろ！」

「……は？」

よくわからないが、ステージは最高潮に盛り上がっているようなので、とりあえず耳を澄ませる。どうやら、男性陣の言い募る罪状を婚約者の女性たちが、一つ一つ丁寧にメモ帳片手に論破しているようだ。

「アンジェラ！　君はキャロラインを階段から突き落とそうとしたらしいな！」

これは、あの日教室の下から聞こえてきた声、ジェレミー様ね。

「……その日は朝から郊外で薬草摘みの実習だったではありませんか！　当然階段から突き落とせるわけがないわ！　あなた、薬学実習をサボったの？　医療師の資格には必須ですのに！　証人は薬草学の先生です」

この方がジェレミー様の婚約者、アンジェラ・ルッツ子爵令嬢らしい。

「シェリー、君は教師という聖職に付きながら、教え子キャロラインの教科書を破り捨てたそうだね」

「その日は私、朝から晩まで授業が詰まっておりましたので、一女子学生の教科書を探して破る暇などありません。そもそもあなたの後ろに立つ女子学生、初めて見ましたわ。答案を採点したこともない。算術は随分と余裕がおありのようですね。証人は私の受け持った学生たちと……学長でどうでしょう？」

この大人の会話は算術のガイ先生と国史のシェリー先生？　確かにシェリー先生の授業でキャロラインを見たことなどない。

「エリン。食堂で一人静かに食事をしていたキャロラインに、熱い紅茶をかけたって聞いたけど？」

そしてこの馴染みのある声は、ヘンリー様。

エリンは年明けに王都に戻った。上位貴族の務めとして、このパーティーに参加しない選択はありえないから。

「……私は恥ずかしながらこの半年体調を崩し、領地で静養しておりました。ゆえにアカデミーに登校しておりませんので、食堂で紅茶をその人の制服にかけることはかないません。証人はあなた様のお父上、コックス伯爵。何度か我が領までお見舞いにきてくださいました」

「そうか……」

最後はフィリップ王太子殿下登場！

「アメリア！　君は自分の身分を笠に着て、日頃よりキャロラインをいじめ、挙句、真冬の今、中庭の池に突き落としたそうじゃないか！　お前などが国母になれるはずがない！」

「はあ……確かに彼女が編入した当初、婚約者のいる男性と二人きりになるべきではない、高位の男性を呼び捨てにしてはならない等々注意を致しました。ですがすぐに諦めましたわ。言っても逆恨みされるだけだと、良識のある……幼なじみがアドバイスしてくれましたもの。件の日は……王宮からのお呼び出しで、大神官様による儀礼作法の指導でしたわ。王太子殿下、最近いらっしゃいませんわね。証人は大神官様と……第二王子殿下です」

ブラボー――!! スタンディングオベーションしてもいいかしら?

私はルーファス様を見上げる。

「ルーファス様、皆様を助けてくれて、ありがとうございます」

「ピア、安心して。彼女たちももう自分の婚約者に見切りをつけて、未来を見据えて婚約解消に向けて動いている。建前上、エリンも。この騒ぎでその動きは加速するだろう。希望があれば新しい婚約者候補を紹介するのもやぶさかではない。ピアは一人だけ幸せになると卑屈になっちゃうからね。ガラにもなく手を尽くした」

「よかった……」

卒業パーティーで婚約破棄と同時に全員国外追放される運命だった私たち悪役令嬢。いろいろと状況が変わり、どうやら仲良く回避できたようだ。それぞれ心に傷を負ってしまったに違いないけれど、最悪の結末は免れた。

私はルーファス様のスーツを握りしめて、涙をこらえた。唇を嚙むのは怒られるので我慢した。

ルーファス様が、私の頭になぜかキスを落としているようだ。なんなのルーファス様のはやりなの？　まあ、みんなステージに注目していて、きっと誰も気がついていないよね？

と思っていたら、

「やっと見つけたわ！　ルーファス〜！　みんなが私をいじめるの〜！　助けて〜！」

甘い砂糖菓子のような女の声が突然、場内を走った。これはまさしく……〈マジキャロ〉のキャロラインの声。私が二度対面した時はもうちょっと落ち着いていた。これが彼女のゲームモード？　本気モード？　なのだろう。でもこれは……まずい！

ザッと音がして、皆の注目が集まるのがわかった。

どうしよう。キャロラインがルーファス様を……

ルーファス様が私を腕の中に抱き込んで、ステージに向けてゆっくりと振り返る。

「……貴様……誰の許しを得て、私の名を呼び捨てにしている!!」

会場が凍りついた。

キャロラインがルーファス様を……呼び捨てなんて、ありえないよー！

「私のこの可愛い妻すら、私を敬称付きで呼ぶ。ピアならばなんと呼んでも構わないのに」

私の頭に再びリップ音が炸裂した！

「え、えっとルーファス、さん？　私はあなたの味方よ！　ああ！　その人があなたの婚約者？　ルーファスさん騙されないで！　その女は私を何度もいじめて……」

さすがに顔も名前も知らない女からいじめられていると言うのは無理があると悟ったのか、キャロラインの発言は尻窄みとなった。

でも途中まででも十分だ。キャロラインはいわゆるヒロイン至上主義の悪役令嬢一斉断罪シーンを、一年前倒しでしかけてしまった。もう、こうなっては止まらない。

ルーファス様から冷気を伴う覇気が吐き出され……会場が恐怖に包まれた。

「……貴様、私だけでなく、我が最愛の妻まで愚弄するか。スタン侯爵家を敵に回すということだな。よくわかった。一族諸共全力で潰してやろう」

キャロラインってば完全に予習不足だ。〈マジキャロ〉でもルーファス様はヒロイン以外には相当厳しい人だった。ヒロインだから関係ないとでも思ったのかしら？

ところで……空気読めてないかもしれないけれど、そろそろ聞いていいよね？

「ルーファス様？　あの、先ほどから私のこと、『妻』って言ってます？」

「もちろん。ようやくだ。ピア、我が愛しの妻よ！」

「えっと……いつ？　結婚しましたっけ？」

「さっき確認しただろう？　賭けは私の勝ちでいいな？　と」

「はい」

「その瞬間、マイクが届を出しに走った」

「仕事早っ！」

前世の私、やったよ……なんと十七歳で人妻になったよ……。

なんとなく、会場が拍手で包まれた。

「ちょ、ちょっと、結婚ってどういうこと？　法律上は成人の十六歳からできるけどアカデミーの学生のうちは結婚できないってフィルが言ってたし！　さすがに結婚しちゃったら攻略できないじゃない！」

キャロラインの怖いもの知らずの発言に、またも会場が静まりかえる。ちなみにフィルとはフィリップ王太子殿下の愛称だ。そこも呼び捨て……。

「答える義理もないが、私も妻もとっくにアカデミーは卒業している」

「え？　ルーファス様もそうなのですか？　いつ？」

全く聞いていない！

「……実は一年目で総スキップして卒業した」

ルーファス様が気まずそうに答える。

「じゃ、じゃあどうして私たち二人してアカデミーに通い続けたのですか？」

アカデミーに通わなければ、キャロラインに会うことも、この幼い頃から恐れていた断罪に居合わせることもなかったのに。

「予言はバカにできない。わけがわからぬうちに罠に搦めとられ、対処できなくなるよりも、綿密な準備をして迎え撃ったほうがいいと判断した。……反対されたら困るから黙っていた。ゴメンね、ピア。ちゃんと君を守ったから許して」

またしても、頭にチュッチュとキスを降らせる……夫？

「おい、氷の宰相補佐が……キスしてるぞ……」

「もしやあの腕の中の女性が、宰相補佐が溺愛して、小さなお茶会で倒れて以来決して外に出さないと言われる、幻の令嬢か!?」

「いや、幻じゃない。先日劇場のボックスに現れて、上階の観客全ての関心をさらったらしい。ステージ以上の美しい恋人同士の激甘な光景が繰り広げられ、役者がとにかくやりづらかったと……その日の舞台はある意味神回と伝説になっているぞ！」

「どんなに麗しいと評判の令嬢が粉をかけても、『貴様ごときが私の隣に立てるとでも？身のほどを知れ！　私の婚約者はお前が千年生きても届かぬ次元に君臨する女だ！』と表情を変えずに言い切ってきたルーファス様……」

「婚約者ではなく……妻ですって？」

「あの女性……どこかで……あ、アカデミー内で三回見かけたらいいことがあるって言われる白衣の妖精？」

「すごい……あのドレスにネックレス、独占欲丸出し……」

……なんか、初出し情報が多すぎて、脳が処理できないのですが……。

「もーう！　何、私をさしおいてラブラブな雰囲気出してんのよ！　攻略対象が五人揃ったところで王太子が婚約破棄したら、時期は前倒しでも断罪イベ完了でしょう？　そもそもこれは私が全員から愛される設定のゲームなの！　なぜ勝手に王太子殿下に反論しちゃうかな？　フィルが一番偉いってわかってる？　っていうか、どうしてそもそもルーファスは私に乗ってこないの？　イベントもこっちが状況作ってやってるのに全部無視するし、家に行っても追い返されるし！」

「いべ……？　貴様、何をわけのわからないことを？」

ルーファス様は私をますます隠すように、スーツの上着の中に顔を押し込んだ。

「……私のレベル上げ、好感度上げはノーミスだった。その証拠に四人は問題なく堕ちたもの。せっかくヒロイン転生したのだから前世の記憶を存分に使って、ヒロイン至上主義を満喫するつもりだったのに、悪役令嬢が怠慢にも誰も役割をこなさない。バグもいいところだわ。特にあなた！」

私に向けられた悪意ある声にビクッと体を震わせると、ルーファス様がさらにきつく抱きしめる。

「モブだからと放置したのがいけなかったのかしら？　なかなかルーファスに絡むチャンスがなくてつい攻略を後回しにしたせいね。結局最後まで透明人間のようで全く捉えることができなかった」

私が実は言葉を交わしたことのある白衣の女だと知ったら、どう思うだろう。

「あんたが私とルーファスが図書室で勉強してるところを邪魔したり、お菓子を捨てたり、宰相の病気を騒ぎ立てたり、イベントをしっかりこなしていれば、ルーファスも一口くらいクッキーを食べたはず！」

『宰相の……』のあたりで、ルーファス様の身に纏う空気がますます怒気を含むものに変わった。

「……どうやら命が惜しくないらしい。王位継承者が『堕ちた』か。言質としては十分だな。衛兵！　この者を……」

「まあいいわ、ゲームと違って断罪は上手くいかなかったけど、ルーファス以外はなんとでもなる！」

キャロラインはあろうことかルーファス様の発言を遮った。そして王太子殿下に向き直り、腕を絡めながら甘い声を出す。

「ねえ、フィル～！　ルーファスってば、この私を潰すって言ったよ！　ううっ、怖いよう……もうこんな人、懲らしめてよお！」

「う、うむ、わかった。ルーファス、キャロラインへの無礼、目に余る！　よってお前を国外追放にする！」

ま、まさかの王太子殿下によるルーファス様国外追放……場内の全員が目をむいた。

姿を現さない私や他の婚約者たちを国外追放できないから、ルーファス様をってこと？

この無茶がいわゆるゲーム補正？

ルーファス様の腕の中から背伸びして王太子殿下を見ようとする。しかしすぐに腕の中に引き込まれる。

「こら、出てくるな！」

「だって、王太子殿下、ひょっとしてクッキーのせいで正常な判断が……」

「だとしても、もう取り返しがつかない。殿下、了解致しました。私と妻はただ今をもって臣下を離れ、国外に出ます！　ピア、行くぞ」

ルーファス様がフワリと私を横抱きにし、私が慌ててルーファス様の首にしがみついたその時、

「待て！　この愚か者めが！」

観音開きの扉を開けて、近衛兵を大勢引き連れて入ってきたのは……嘘でしょう？　国中あちこちに肖像画が掲げられ、高額紙幣に印刷されている馴染み深いお顔……国王陛下その人だ。

「あの二人を捕らえよ！」

え、私たち、捕まるの？　不敬罪？　どうしよう！　潔白を証明したアメリア様たちの代わりに私たちが断罪されるの？　兵が走ってくる。

ああ……私のせいだ。

「ルーファス様……ごめんなさい。幼い私が、あなたを巻き込んだばかりに！」

前途洋々たる、ルーファス様の未来を私が、閉ざした……。もはやハラハラと流れる涙はどうにもならず、ルーファス様の首元に顔を埋(うず)め、声を殺して泣いた。

誰よりも、自分よりも愛する人なのに……。

「……バカ。ピア、顔を上げて？」

言われるままノロノロと顔を上げ、ルーファス様と目を合わせると、私を安心させるように微笑(ほほえ)んでいる。そっと周りに視線を送る。

そこには縄(なわ)で後ろ手に縛(しば)られた王太子殿下とキャロラインがいた。

「このバカ者どもめ！　ルーファスと、ロックウェル博士のこれまでの功績を忘れたのか！　この二人が消えたら国の損失だが、お前らはいなくとも痛くも痒(かゆ)くもない。なんの罪もない臣下に権力を行使し追放するなどもってのほか！　王族だからこそ許されん！　引っ立てろ！」

「で、ですが、父上、キャロラインが！　あの菓子を今日はまだ……」

「どうして!?　なぜここで王様が出てくるの!?　フィル！　クッキーを王様にも食べさせてってお願いしたでしょ？　……きゃあっ！」

二人は近衛兵に口を塞がれ、ズルズルと連れていかれた。

それを見ていた残りの攻略対象三人が慌てて追いかける。

「ま、待て！　キャロラインをどこへ連れていく⁉」

「キャロラインはこのあと私と算術準備室でアフタヌーンティーを……」

「キャロライン！　今日はご褒美に三枚くれるって言ったよね？　あっ！　父上、ようやく私のキャロラインに会うために駆けつけてくださったのですね？」

そこには、白衣を着たローレン医療師団長が数人の部下を引き連れて立っていた。陛下と共に入室していたようだ。息子ジェレミーと同じ、薄紫の髪の団長が苦虫を噛み潰したような顔をして、命令した。

「……やれ！」

団長の合図で部下が三人を取り囲み、彼らの首筋に触れると、途端に意識を失い足元に崩れ落ちた。

エリンや他の女性たちの小さな悲鳴が聞こえる。

そんな周囲に目もくれず、医療師の皆様は淡々と三人を背負い退出した。

「とりあえずそれぞれ個室に隔離致します。経過は逐一ご報告致します。このたびは我が息子が誠に申し訳ありませんでした」

「言うな！　我も同じだ」

団長は陛下に、そしてルーファス様に深々と頭を下げて、白衣を翻し去っていった。

わけがわからず、とりあえずルーファス様に渡されたアンモナイトの刺繍が入ったハンカチで涙を拭う。緊迫した瞬間が去り、空気が緩んで場内が一斉にざわつく。

「ロックウェル博士……あの画期的な地図を発明した？」

「いや、地質学の観点から新しい炭鉱を発見した炭鉱博士だろ？」

「いや、あの地図を元にピンポイントでダムを作る場所をアドバイスした、治水博士……」

……なんかいろいろ聞こえたけど……空耳……うん、空耳だわ。

陛下が早足で私たちのもとにいらした。

「ルーファス、ピア、くだらぬ騒動に巻き込んですまなかった」

「全くです。早々に隔離して毒を抜くように上奏したはずです！」

「……王たるもの、どれだけ疑わしくとも、確たる証拠もなしには動くことなどできん。ようやく決定的なバカをしでかして、捕らえることができたが……既に十分に混乱を招いてしまった。ははは、手遅れだな……フィル……」

無念そうに頭を振る陛下。

「表沙汰にせずとも、影を使い、強制的に病気療養にすればよかったのです。殿下ご本人のためにも！」

「……たかが火遊びごときで大げさだと、王妃が聞き入れなかった。私もどこか半信半疑だったのだ。まさかあやつが菓子ごときで……」

陛下が諦めきった悲しげな顔でルーファス様に答える。見ていて辛い。

でもルーファス様、陛下にそんな話し方でいいの……ってあら？

「陛下、って、え？　ジョニー……おじさま？」

ジョニーおじさんにはこんな立派な顎鬚も口髭もなかったけれど、そっくりだ。顔も、

『ピア？』と目尻を下げて優しく呼ぶバリトンの声も。

陛下が私に向き直る。

「そうだよ。可愛いピア。私はジョニーおじさんだ。ルーファスとレオ……あ、ルーファスのオヤジな。こいつらが隠して表に出さない天才とどうしても会いたくて、変装し子どもらのお茶会を覗きに行って……あれ以来、私はピアの大ファンなんだ。ピア、改めてこの国の発展に尽くしてくれてありがとう。そしてうちのバカ息子が申し訳ないことをした。このとおりだ。どうかこの国にとどまってくれないだろうか？」

「陛下……私に隠れてコソコソと……」

ルーファス様の目が不気味に光った。

「ルーファス、お前はピアを隠しすぎだ！」

「あのおかしな女に狙われていたのですよ！　当たり前でしょう！」

「それはそうだが……」

陛下が再び、深いため息をついた。

「陛下、私はつい先ほどピアと結婚致しました。どうぞ祝ってください。二カ月ほど、婚姻休暇をいただきますので。あとはよろしくお願いします」

「待て！　二カ月は長すぎる！　もはやお前が抜けては国が回らない！　ちょ、ちょっとでいいから猶予をくれ！　ピア！　ピアがアカデミーからいなくなると私の癒しが！　部屋を残しておくからたまに来てくれ！　お、おいっ！」

ルーファス様は私を抱いたまま、ざわめく会場を無視してアカデミーから立ち去った。

馴染みの侯爵家の紋章をつけた黒い馬車がタイミングを見計らったかのように、正面で待っていた。抱き上げられている私にいつもの御者さんがニッコリ笑いかけながら、ドアを開けてくれた。

ルーファス様がそのまま乗り込むと、扉はすぐに閉められ、あっという間に走り出す。

侯爵家の馬車の中はとても広いのに、膝の上から下ろしてくれない。横抱きのまま、ルーファス様にとってのベストポジションである右脇のくぼみに私の頭を配置する。

「ピア、私はたぶらかされなかったぞ！　私のこと、これで信じられた？」

晴れ晴れとした表情でおっしゃるルーファス様に……私は泣き笑いになった。

結局、ルーファス様もその時が来たらあっさり私を捨ててキャロラインのもとに走ってしまう可能性もあると、自分に言い聞かせてきた。

その時、己が壊れないで済むように、心をなるだけ晒さないようにしてきた。

それは、ルーファス様の想いを、決意を、疑っていることと同義である。

「さすがです！　ルーファス様……信じることができず本当に申し訳ありませんでした。言い訳になってしまいますが、予言はとっても鮮明で強烈で……未来を早々に諦めたほうが……楽だったのです」

——私は最後まで弱気で弱虫で卑怯だった。

ルーファス様が私の結い髪を解き、指を入れてさらりと黒髪を梳かす。

「いいよ、ピアに挑戦状を突きつけられて、俄然人生が面白くなった。あの日、気まぐれにピアに詰め寄らなければ、今ほどの力を手に入れられなかっただろうし、同じ結婚するにしろピアとこれほどまで深い絆で結ばれることはなかっただろう」

あっさりと許してくれるルーファス様を、涙を拭いながら見つめる。

「ピアにとって、予言に怯える日々は辛かったと思うけれど、それだけではなかっただろう？」

ルーファス様と一緒に机に向かったり、スタン領で化石発掘に付き合ってもらったり、砂金を見つけた上流で金鉱を発見して二人で唖然としたり、研究室でお互いの肩でまどろんだり……共有するのは幸せな想い出ばかり。

「でも、ルーファス様にとって私は、プライドを傷つけられて、見返してやる対象だったのではなかったのですか？　ムキになっただけでは？　本当に結婚してしまってよかったのですか？」

　せめて戦友のような想いはお持ちだと、信じたい……。

ルーファス様ははあ、とため息をつき、眉間を揉んだ。

「ピア……全く、なぜ私が慌ただしく婚姻を成立させたと思っている？　ピアが欲しくて、名実共に私のものにしたくて、誰にも掻っ攫われないようにするためだ。あ、結婚式はするよ。花嫁姿のピアと神に誓いたいし、美しい君を見れば、両親も領民も大喜びするだろう。皆、ピアが侯爵家に嫁入りすることを、早く早くと待ち望んでいるからね」

「……掻っ攫われ？　まさか」

「ピアを欲しい男は山ほどいるよ。でも、私ほどピアを愛している男はいない」

ハッと息を呑んだ。涙が再び溢れだす。ルーファス様が、愛しているって……。

「おい！　どうした⁉」

「あ、あいしてるって、はじめて、いわれた……」

「はあ？　当たり前だろう！　これまでも言っていたはずだし、好きでもない女を膝に抱くはずないだろう！」

ルーファス様は私の手からハンカチを取り上げ、困った顔をして私の涙を拭っていく。

「この七年ずっと共にいたんだ。世に天才と言われるピア、男装して犬と遊ぶピア、化石マニアで泥だらけなピア、夜通し臥せった父を看病して、弱みを見せられない母をいたわってくれるピア。全て知るのは私だけだ」

「天才……なわけないです」

私はよその世界の知識を使っただけで……。

「うん、ピアは天才なんかじゃない。ただの、私の膝の上で、懸命に私の字を真似る可愛いピアだ」

それは……確かに頑張った。少しでもルーファス様の字に近づきたくて。上手になったと褒めてほしくて。

ルーファス様があの頃を思い出すかのように私の手に手を添え持ち上げて、私の指先にキスをする。

「ピア……愛している。私の持てる力を全て使って、この世の誰よりも幸せにするよ」

「嬉しい……でも……でもやっぱり……ルーファス様ほどの方がどうして……」

ポロポロと涙が溢れる。

「ピアが……肩書きのない私そのものをいつも必要としてくれるのが心地いい。恋を自覚してからも日々じわじわとより愛は深まっていった。燃えるような恋じゃないからこそ、盲目でもないし消えることはない」

ルーファス様が私の頬を両手で挟み、親指で涙を拭う。

「今となってはどこもかしこも可愛い。誰にも見せたくない。私のものだ」

触れ合うだけのキスをする。

「キスで恥ずかしがるところも、やがて蕩ける艶っぽい顔も私だけ知っていればいい。さあピアも、返事して？」

ルーファス様が顔をグッと、鼻が当たるほど近くに寄せ、優しく私の逃げ道を塞ぎ、想いを吐き出させる。

「い、いつも、ずっと、あり、ありがとう……本当にっ、面倒ばかりかけてごめん、なさい。でもルーファス様じゃなきゃ、私、もうダメなのっ……ルーファス様がキャロラインを好きになったら……泣きすぎて死ぬところだった……大好き……なの……」

エグエグと泣きながら、私の本当の想いをしどろもどろに伝えた。

「……熱烈だなあ」

ルーファス様は頬を赤らめ、目を閉じた。そしていつになく真剣な顔になり、

「ピア」

私の涙を全てキスで拭ったあと、そっと唇を重ねた。そして至近距離で目の奥を覗き込

まれる。

「契約を履行するよ。私の奥さん」

私は引き離せないほどに強く抱きしめられて、徐々に深くなるキスに翻弄されるままに、万全に準備されていた新居に連れていかれた。

エピローグ

ごきげんよう。ピア・ロックウェル伯爵令嬢です。まだスタン次期侯爵夫人にはなっておりません。

私が前世の呪縛から解き放たれた運命の昨夜、私たちの婚姻届が受理されなかったからだ。

当然、お義父様の署名がないという理由だった。

ルーファス様は静かに激怒した。

「私を散々一人前とみなしてこき使っておきながら、この期におよんで父のサインが必要だと？」

国王陛下の早馬が、届を出しに王宮に駆けたマイクをどこかで追い越したのだろう。王族しか使えない抜け道なんかもありそうだし。

ということで、妻になれなかった私をルーファス様は本人曰く断腸の思いで、準備万端の新居からロックウェル家に帰した。両親と兄は帰ってきた私に驚いた。

「なんだピア、もう夫婦ゲンカか？」

「ピア、悪いと思ったらすぐに謝ったほうがいいわ」

「おい……またなんか厄介ごとに巻き込まれたんじゃないだろうな……」

ルーファス様はマイクの出発と同時に他の従者を我が家とスタン侯爵家に差し向けて、今日結婚する旨を報告していたそうだ。ルーファス様はしかるべきタイミングが来たら即結婚することを、両家に宣言していたらしい。聞いてない。つい私の頬が引きつった。

それにしても兄よ、私は疲れていて虫の居所が悪いのだ。兄の足をぎゅっと十センチヒールで踏んづけて、簡単に結婚に至らなかった理由を説明し、それ以外は明日話すと言い切って、さっさと自室に下がり、爆睡した。

翌日、迎えが来て、昨晩の新居ではなく、いつもの侯爵邸に連れていかれた。

ルーファス様は右手を私の腰に回したまま、左手でお茶を飲んでいる。いや近い……ここは侯爵邸の日差しのさんさんと注ぐ談話室で、お義母様もマイクも執事もサラもいるのに距離が近い……。

「ルーファス様、もう昼過ぎですが、お仕事に行かなくてもよろしいのですか？」

珍しく白シャツに紺のパンツというラフなお姿のルーファス様。この格好で王宮に行くとは思えない。ちなみに私は黄緑のチェックのワンピース。私のクローゼットはルーファス様のおかげで目に優しい緑、一色だ。

「保護者の署名が必要だと、子ども扱いされてしまったからねえ。子どもには宰相を補佐する仕事などできないだろう？」

ああ……腹いせの報復が始まった。ジョニーおじさんもまた悪手を打ったものだ。

成人後は任意のはずの当主の署名欄が空白なことで私たちの婚姻届ははじかれた。二人とも国の重要人物だから、王宮で双方の当主と国王が揃い、両者の目の前で署名しなければ正式に認め難いとかなんとか……しょせん屁理屈である。

「ルーファス、結局自分の首を絞めることになるのだから、今日限りでおやめなさいよ」

お義母様が閉じた扇子でルーファス様を指してたしなめる。

「今頃ピアは私のものになっているはずだったのですよ？　ああ、あの家はサプライズだったのに、もうピアにバレてしまったね。もう一軒買いなおすか……」

「る、ルーファス様！　私、まだ中に入っておりませんので、サプライズ継続中です！ご安心ください！」

「そう？　よかった」

ルーファス様は私の頬にキスをした。お義母様やサラやもろもろから生温かい目で見られて、いたたまれず俯いた。

既に馴染みのお義母様の美人侍女からケーキをサーブされ、ありがとうと頭を下げる。

「ルーファス様、パーティーのその後を教えてくださいませ」

ルーファス様が私の目を見て頷いた。

「まず王太子殿下は貴族牢に入れられた。私たちに冤罪をふっかけ、王族の権力を不当に行使した罪で。ジェレミーとガイは医療院の隔離施設に入れられた。それぞれの処遇はとにもかくにも毒を抜いてから、ということになった」

「……あら？　ヘンリー様は？」

「ヘンリーは医療師団長が止めるのも聞かず、コックス伯爵……騎士団長が領地に連れ帰った。自分が責任持って教育しなおし、毒は汗で外に排出させる、根性を叩きなおすと言って」

地獄の特訓を与えられるってことか。

「皆様の治療は上手くいきそうなのでしょうか」

「……かなり暴れて、怪我をすると判断した場合は鎮静剤を打っているそうだ。ヘンリーは鉄拳で眠らされるだろうな。あそこは猛者が多いから、暴れるヘンリーを押さえつけることなど造作もない」

昨夏見た、中毒のラットを思い出す。専門家とスパルタ団長の下で、皆様徐々に落ち着きを取り戻されたらいいけれど。

「陛下が今朝、当事者の家の当主と、アメリア嬢はじめその婚約者、そしてその当主、最後に私を宮殿に一堂に招き、事態の説明をされて、当事者サイドからの謝罪と、婚約者サイドからの婚約解消を口にする場を設けた。キース侯爵家をはじめ既に心づもりができていたようで、粛々と謝罪を受け入れ、淡々と婚約解消の手続きが取られた」

ルーファス様の事前の根回しの成果だろう。

「ただ……コックス伯爵だけが、エリンとホワイト侯爵に、必ずヘンリーを正気に戻すから猶予をくれと頭を下げた。『ヘンリーは間違いなくエリンを好いている、そしてそれは私もだ。毒のせいであったのならチャンスをくれ』と。エリンは戸惑っていたが……ホワイト侯爵が保留にした」

エリン……。

「加害者と言える、キャロラインとラムゼー男爵はどうなるのですか？」

「キャロラインはまだ処罰の段階にない。結局彼女は殿下に我々の追放をおねだりしただけだ。複数の婚約者のいる男性と自由恋愛することは、非常識だけれども罪ではない。そもそも捌く法がない。物証が出るまでは保留だね」

「物証とはあのクッキーの混入物ですね？」

「そうだね。そういったものを押さえるべく、今後ラムゼー男爵邸が捜索されるだろう。ただ今回の事件、男爵だけで実行するには大がかりすぎるし、動機が見えてこない。となると裏に誰かいることになるけれど、これ以上は現段階では言えない。キャロラインは一応重要参考人として、外部と連絡の取れない、とある場所で軟禁されている」

「そうですか」

彼女が国による軟禁状態であるのなら、今後私と会うことなどもはやないだろう。毒か薬物を入れたクッキーを用いての四人の人間への傷害罪は重い。証拠が検出されなくとも、相手は全て国の要人の子弟。社会的な制裁は免れない。この先まだ長い彼らの未来と心身の健康を奪ったのだから、きちんと反省し償ってほしい。

どうか、きちんと反省し償ってほしい。

お義母様が気分を変えるようにばさりと扇子を開いた。

「さあ、暗い話はそれくらいでおしまいになさい。ピア、婚姻届のサインくらいレオも私もいつでもするわ。まあでももともと、他の学生と共に卒業した体で一年後に挙式予定だったのだから、もう少し婚約時代を楽しんでもいいのではなくて？」

ルーファス様がギロリとお義母様を睨みつけたが、お義母様は優雅に微笑んでいらっしゃる。

とりあえず、今日聞くべきことはこれくらいだろう。私はようやく目の前の美しいケーキのために、フォークを握ろうとしたら……ルーファス様に皿ごと取り上げられた。

「あら？」

「ピア、天気がいいから外の温室で食べよう。誰か、運んで？　ああ、マイクもサラもついてくるなよ。私は昨夜からずっと非常に機嫌が悪い。ダガーとブラッドを連れていくから問題ない。私にも備えはある」

手を取られ、立ち上がった。

「え？　機嫌が悪いならば今日は帰りますが？」

「お嬢様！　ふざけないでください」

「ぴ、ピア様、ここはおとなしくついていきましょう」

「ピア？　スタンの男の愛は重苦しいけれどよろしくね？」

もしや私は人身御供？

手を引かれてエリンの家ほど大がかりではないが家族で楽しめるサイズの温室に入ると、中は下界より一足早くピンクや黄色の春の花が咲き乱れていた。

中央の二畳ほどの空間に、侯爵家のデキる使用人がふわふわの毛布を敷き詰め、その上のトレーに淹れたてのお茶をセットしてくれている。菓子は屋外だからかフォークを使わない、手で摘めるものに変わっていた。さっきのケーキ、お持ち帰り許されるかな？

私がヒール靴を脱いで、ペタンと横座りすると、ルーファス様もいつものように隣に片膝を立てて座られた。

……脳天気に風景を楽しみ、お菓子のことに気を回すなんて余裕は、アカデミーに入学する頃にはなくなっていた。

ついにストレスゼロの生活がやってきたのだ。なんて素晴らしいのだろう！

久しぶりのダガーとブラッドが温室の入り口から走ってきて、頭を私の膝にこすりつける。私がいつものようにひとしきり撫で回すと、二匹とも足元に寝そべり落ち着いた。

「ルーファス様、日差しがポカポカで気持ちがいいですね。この子たちもいるし、こうしていると領地での幼い頃のピクニックを思い出します」

「……憂いのなくなったピアを日の光の下で見ると……これまで以上に純真さのキラキラ度が増して、もはや天使級だな」

ルーファス様ってば天使が見えてるの？　よもやお迎え？　いかん、疲労ＭＡＸだ！

「ルーファス様、あーん」

私はルーファス様の口元に甘そうなお菓子を運ぶ。前回の発掘にはルーファス様はついてこなかったから久しぶりだ。

「もう……ピア、私を殺す気か？」

ルーファス様は私の肩に突っ伏した。

「殺されそうに忙しいんですね。ではなおさら食べなければ！」

「いや、待て、ここではさすがに恥ずかしい」

「変なの。先ほど人払いしたではありませんか？」

「影がそこら中にいて、逐一両親に報告するんだよって……はあ、ピアには言えないか」

私はしぶしぶ開けられた婚約者の口にマカロンもどきを突っ込む。

「とにかく……お疲れ様でした」

あれ？　これは……〈マジキャロ〉のルーファスルートのエンドスチルと一緒だ。ゲームでキャロラインがしていたことを、私がやっている。元気が出ますようにって。

私が運命に抗って、この居場所を勝ち取れたってこと？

「ふふっ」

お菓子を摘んでいた指先を見つめ、思わず笑いが漏れた。

「どうしたの？　ピア？」

「いえ、賭けには負けたけれど、勝負には勝ったなあと思いまして」

ルーファス様が器用に片方だけ眉を上げた。

「ピア、まだ結婚できていないっていうのに、私にケンカを売ってるの？　発掘できれば結果オーライって？　よしわかった。また新しい賭けをしようか？」

え？　私は再び不用意に虎の尾を踏んでしまったようだ。ルーファス様に真顔で距離を詰められる。

「私が陛下から結婚の許可をもぎ取るのが先か？　ピアが五十センチ以上の動物の化石を見つけるのが先か？　でどう？」

「ひどい！　絶対見つかりっこないって高をくくってますね！　よーし、この勝負買いました！　この賭け、ぜーったい勝って、ルーファス様におそれいったと謝ってもらいますからねっ！」

「いいよ、そのかわりもし私が勝ったら、その瞬間から……今度こそピアをまるまる一カ月、腕の中に閉じ込めるから……覚悟してね」

「……へ？」

私はまたもや、弱気ＭＡＸ令嬢なのに、辣腕婚約者様の賭けに乗ってしまった。

おわり

あとがき

はじめまして、小田ヒロと申します。

このたびは「弱気MAX令嬢なのに、辣腕婚約者様の賭けに乗ってしまった」（タイトル長っ！）をお手に取っていただき、誠にありがとうございます。ぜひ「弱気MAX」と呼んでやってください。

今作はWEBにて発表した同作を倍以上加筆したものになります。

今回の執筆は作者にとって冒険でした。作者は普段、山あり谷あり鬱展開ありの作風です。しかし、忙しなくストレスの多い現代社会なので、何か、始めから安心して読めるものを書いてみようか、と思いつきました。

その結果、トライしたのが「出オチ」です。主人公が〈断罪〉を回避したことが速攻でわかります。そのあとは、ゆったりまったりした気分でそこに至る経緯を微笑ましく見守るかたちで読んでいただければノーストレスになるのではないか？　と思いました。

結末がわかっているぶん、皆様はハラハラドキドキしないと思います。しかし皆様の代わりにピアはハラハラドキドキエンドレス状態です！　ゴメンねピア！

そんなピアの弱気っぷりや、案外世のため人のために頑張っている姿、そしてルーファスの腹黒さと、振り切れた溺愛っぷりに、少しでも皆様がクスっと笑っていただけることを願っています。

そして……柄にもなく砂糖を吐きながらラブラブシーンを書きましたので、どうか皆様「よくやった！」と、褒めてください！

それでは改めまして謝辞を。

まず、ＷＥＢ版にて化石オタクのピアを大好きだと応援してくださった皆様、ありがとうございました。皆様に背中を押されて、新しい道が開けました。

そして今作を見出し、こうしたチャンスをくださった担当編集Ｙ様はじめ、出版に関わってくださった全ての関係者の皆様。そしてルーファスとピアをため息が出るほど美麗に描き、命を吹き込んでくださったＴｓｕｂａｓａ．ｖ先生、厚く御礼申し上げます。

いつかキラキラした王道美男美女が表紙を飾る本を書きたい、世に出したい！　という夢が叶いました！　「弱気ＭＡＸ」をお読みくださった全ての皆様に感謝を。

最後になりましたが、これからの皆様のご多幸を心よりお祈りいたします。

またお会いできますように。

小田ヒロ

■ご意見、ご感想をお寄せください。
《ファンレターの宛先》
〒102-8177 東京都千代田区富士見 2-13-3
株式会社KADOKAWA ビーズログ文庫編集部
小田ヒロ 先生・Tsubasa.v 先生

B's-LOG BUNKO
ビーズログ文庫

●お問い合わせ
https://www.kadokawa.co.jp/（「お問い合わせ」へお進みください）
※内容によっては、お答えできない場合があります。
※サポートは日本国内のみとさせていただきます。
※Japanese text only

弱気MAX令嬢なのに、辣腕婚約者様の賭けに乗ってしまった

小田ヒロ

2020年8月15日 初版発行
2021年4月10日 3版発行

発行者 青柳昌行
発行 株式会社 KADOKAWA
〒102-8177 東京都千代田区富士見 2-13-3
（ナビダイヤル）0570-002-301
デザイン 伸童舎
印刷所 凸版印刷株式会社
製本所 凸版印刷株式会社

ISBN978-4-04-736208-6 C0193

定価はカバーに表示してあります。

◇◇◇